当代作家精品·诗歌卷

主编 凌翔

中国作家协会少数民族文学重点扶持作品

雄黄诗选

漭水谣

雄黄 著

天津出版传媒集团

天津人民出版社

图书在版编目 (CIP) 数据

漤水谣：雄黄诗选：中国作家协会少数民族文学重
点扶持作品 / 雄黄著 . -- 天津：天津人民出版社，
2022.8
（当代作家精品 / 凌翔主编 . 诗歌卷）
ISBN 978-7-201-18395-4

Ⅰ.①水… Ⅱ.①雄… Ⅲ.①诗集—中国—当代
Ⅳ.① I227

中国版本图书馆 CIP 数据核字（2022）第 078672 号

漤水谣：雄黄诗选：中国作家协会少数民族文学重点扶持作品
WUSHUIYAO：XIONGHUANG SHIXUAN：ZHONGGUO ZUOJIA
XIEHUI SHAOSHUMINZU WENXUE ZHONGDIAN FUCHI ZUOPIN

出　　版　天津人民出版社
出版人　刘　庆
地　　址　天津市和平区西康路 35 号康岳大厦
邮政编码　300051
邮购电话　（022）23332469
电子信箱　reader@tjrmcbs.com

责任编辑　岳　勇
封面设计　陈　姝
主编邮箱　jfjb-lx2007@163.com

印　　刷　三河市金元印装有限公司
经　　销　新华书店
开　　本　710 毫米 ×1000 毫米　1/16
印　　张　13
字　　数　180 千字
版次印次　2022 年 8 月第 1 版　2022 年 8 月第 1 次印刷
定　　价　49.80 元

目录

用一条河演绎
侗族文化及生命隐忍的多声部侗族大歌

杨林

雄黄是一位侗族诗人，也是一位坚持书写本民族文化与文明的当代诗人。侗族自古以来，被人们誉为"诗的家乡，歌的海洋"。读雄黄的诗歌，可以读出一条流域文明的演变历程，也可以读出一个侗族诗人用生命谱写的又一部侗族大歌。

诗集《溆水谣》，是诗人雄黄从他出生、生活及工作息息相关的一条河流——溆水着笔，把溆水文化，与自己在这个流域里生活的体验相结合，抒写了一个侗族人隐忍而坚持的生命感悟，汇聚成一部多声部的生命大歌。在这部诗集中，我们可以感受到：诗人驾驭的多声部诗歌时间与空间组织结构、低声部诗歌叙写民族文化与传承的内容、中声部诗歌传统与现代结合的表现形式、高声部诗歌本质表达的生命内涵。概括起来是四个方面：诗歌结构的逻辑性、诗歌内容的民族性、诗歌表现的多元性、诗歌内涵的生命性。

一、诗歌结构的逻辑性

所谓"诗歌不分家"，诗既为一种有韵律感的文体，自然容易与歌相辅相成。然而放眼歌坛，称得上诗人的却寥寥可数，加拿大著名诗人、歌手莱昂纳德·科恩就是其中一位。他的诗歌结构的重点是现象之间的关系，而不是现象本身的性质。我们试图解读诗集《溆水谣》的抒写脉络，必然离不开对其诗歌结构的分析，而这种分析又必然离不开诗歌结构主义的重点——诗歌现象的关系。诗集《溆水谣》的关系逻辑，其实就是溆水与诗人的关系，可以从如下三个方面入手。

一是时间逻辑。诗集《溆水谣》总共分为四部分，即四季：水源、溪流、流域、汇入。这是一条河流的时间顺序。"溆水不舍昼夜，不舍长流／像一个楔子／一点一点契入，一个离乡人／汩汩而出的全部"。从第一季的"水源"引言开始，诗集呈现的是一条河流的全部，也是诗人的一生。这一部从《风雨桥》《悬棺》到《侗家民俗》，从《岑庄》《胞衣地》到《平溪河》《扶罗镇》，最后写《侗乡》《龙溪口》，也可以看出河流的源头及流域的时间延展。从第二季的"溪流"引言："在隐忍中，尚能言说的／是时间的绳索——／它慢慢松开悲心，对幸存者的捆绑"，可以明显读出时间脉络。无论是《过往》，还是写侗族亲人、父老乡亲，抑或是写民俗《尝新节》《傩面》，一直到溆水流经的《象鼻塘》，更是一条河流、一个民族历史长河的再现。从第三季的"流域"："有时，岸企图规划朝向／局部的意义／以及一条河完整的命运／看一条河远去／反复洗涤往事和流向"，更读出了一条河、一个民族命运的走向。诗人在这一季，用《回旋与流逝》开篇，记录了溆水流经的《松林寺》《古镇》，以及《塘湾大坝》《姚家院子》《新晃烟厂》，最后以《流向》收笔。第四季"汇入"："认识你以前，很多美／边缘是模糊的，我们以水命名水／玩按下葫芦浮起瓢的游戏／每天看两岸，脱下悲欢／留下砂砾和叹息"。作者所认识的、经历的、感悟的，仍是这条河流抵达内心深处的生命体验，更是河流不断汇入、流淌过程中，诗人经历的《芷江站》《车过隆家堡》《溆浦散记》，以及《雪峰山》《溆水》。

二是空间逻辑。20世纪中叶以来，空间问题紧随时间问题成为最主要的美学问题。在西方传统哲学相继出现所谓的"真正的世界"——"理念世界"（与现实世界相对立）、"彼岸世界"（与世俗世界相对立）、"物自体"（与现象世界相对立）之后，胡赛尔提出了"生活世界"的概念，为的是跳出哲学虚构的所谓"真正的世界"，从而回到一个"万物一体"的、鲜活的、诗意的、充满了意味和情趣的世界。这也就是海德格尔所说的："在世之在"。在此潮流中，时间与空间的二元对立消解，人们对诗歌的空间理解产生了根本转型。诗人雄黄的《溆水谣》对诗歌空间构架把握非常到位。他把想要表达的侗族文化，融入一条河流从发源到汇入的过程，融入一个民族民俗文化的展示与演变过程，融入一个侗族诗人生活世界的真实反映过程。这个诗歌空间是多维度的、立体的、诗意的。譬如：

把落日交给绳索
留下川流
诱惑像骡马的蹄印
长出炊烟

鸟窠在暗示，断崖在暗示
低头看水
唢呐在吞咽

——（《悬棺》）

诗人所展现的悬棺的空间感，在"落日"的余晖里，呈现了生命完结的过程。在川流之上，我们看见骠马蹄印带来的，绳索捆绑吊上去的，一个历史的，也是现实的生活世界。这种生死，更是一种自然的"炊烟"，像"鸟窠""断崖"这些空间存在的意象在暗示，"唢呐"的悲鸣。诗人通过河流呈现的"物自体"世界，融入民族风俗的"生活世界"，以及诗人内心精神的"理念世界"，构成一个丰富多彩的诗意空间。

三是心理逻辑。黑格尔认为，作为语言艺术的诗，是第三种艺术。因为绘画虽然提供明确的外在形象，但在表现内心生活方面还有欠缺，于是才有音乐。而音乐在表现内心生活的特殊具体方面还欠明确，于是才有了诗。诗歌心理空间，就是诗人在内心世界构建的一种"理念世界"，这个空间与时空二元世界相互融合，互为补充。《溅水谣》在体现诗人心理空间上，有非常独到的把握。譬如：

如果深入可以无限接近
那么，黑夜就是
一根烟

把手伸过来，世界可圆可扁
固守的荒原
在一节一节断裂

而我，深陷每一声喘息

——（《绳锯》）

诗人在诗集《溆水谣》的很多首诗歌里，均在构建自我心理的时空世界。这里完全是诗人对现实世界的另一种心理解读，与自我意识的另一种暗示。这种暗示是超越现实世界，是构筑心理世界的一种崭新超越。在《绳锯》中，诗人打开世界的方式是从内心出发的：深入黑暗深处，深入诗人内心。此时，黑夜就是诗人手上的一根烟，明亮与闪烁即是内心；此时，荒原就是诗人的现实世界，可圆可扁，也在节节断裂；此刻，诗人陷入于自我的喘息中、挣扎中、不屈中。这里构建的诗歌心理空间，完全是内心对现实世界，以及诗歌二元世界的另一种延展。

二、诗歌内容的民族性

诗歌的民族性，是指诗歌在民族内部文化交流中，碰撞整合而呈现出来的诗歌民族共性。由于民族文化环境的不同，构成诗歌的民族特性，表现在独特的民族性格、独特的社会生活、独特的自然环境、独特的语言、体裁和表现手法。诗集《溆水谣》是侗族诗人雄黄从本民族的视角，整体叙写了侗族人们生存生活的山水环境、人文、风俗、祭祀、葬礼等民俗，以及对祖先及神的崇拜等诸多民族特性。凡是民族的，就是世界的。侗族民俗文化及侗族文明的发展历程，在雄黄诗人的这本诗集里有充分的展示和体现。具体表现在以下三个方面：

一是体现了侗族文化对诗人的影响。侗族是生活在湖南、贵州、广西交界处，在大山小溪间生存的一个有语言无文字的民族。这个民族因山水环境的影响，多以吊脚楼为居，开垦坡地，捕鱼为生，崇尚祖先，膜拜自然与神灵，精神生活以歌舞为主，具有坚韧向上、不屈不挠的性格特征。而这些民族特性，从诗人的字里行间也有充分体现。譬如："不曾忘记岁月，在冷眼旁观 / 不去赘述喻义 / 且看那些如雷震耳的姓氏 / 点亮天空的星辰部落。// 相对于辉煌与传奇，生命与死亡，悲欢与离合 / 小石桥的墙缝里，几株摇曳的小草 / 和龙溪古镇，苔痕里的草木之心 / 这么多年的太阳，光芒覆盖每一寸土地 // 以微妙的角度照耀 / 与劳作者一起，围着鼎罐炉火谈笑 / 看一个个王朝，从墙头垂下的绳索—— / 那些前世的果"。一个侗族部落的生存与繁衍，是无须赘述喻义的，从先祖的姓氏开始，面对生死与悲欢，就可以从石桥墙缝里的小草窥见：劳动人民如何面对太阳的光照、历史朝代的更替，对捆绑的反叛，以及对前世祖先遗训的抚慰。又譬如：

> 当一条山径停止抽搐
> 竹林替代风声，手中的刃依然锋利
>
> 你的嘴，无外乎白色的花红色的绸
> 说着说着，泪如雨下
>
> 抚摸过的事物，有些节制，有些释然
> 而你只剩下荒漠
>
> 你可以让沧桑变得悠扬
> 也可以让笛孔，变成襟怀
>
> ——（《唢呐》）

从诗歌中我们可以看到，侗族人民怎样用刀斧劈开荆棘山路，怎样面对生死（白色花隐喻死亡，红绸花隐喻生养），怎样面对生活中各种挫折和磨难。这会让侗族人民既有节制，又有释然，反映了侗族人民坚韧的性格和乐观的态度。他们可以在沧桑中悠扬，也可以在卑微中保持莫大的胸怀。

二是体现了侗族文化的多神崇拜。侗族在生存繁衍过程中，一直保持对自然、多神的崇拜与祭祀。侗族人民崇拜山神、河神、土地神、树神、苗稼神等，每逢节日都会进行祭祀，反映了侗族人民对自然及神灵的敬畏与向往。这种文化的独特性反映，在诗集《溆水谣》里比比皆是。譬如：

不精通"湘西水鬼"换气奇术的人
切不可轻易涉足深水
没有足够时间
与水中神灵交涉
水中密道
易遭封堵，冒犯鬼怪

——河岸边，念动咒语
焚香化纸，恭请上师
憋气，抱紧石头。在水中
一步步朝前，不回头

那块石头
被视为：神器，护身符

供养神龛

——（《石头》）

　　这首诗写了对水神的祭拜。水中有密道，只有通水神的法师才能进行对话、疏通和排解。诗歌也反映了侗族人民对石头的崇拜和对神的供养。又如《忌讳》：沦落在下午四点二十分 / 这时，是一个忌讳 / 需要躲闪，避让 / 隐形的芒刺，罗列的桀苦 / 潜入屋檐下 // 任何一场意外都会加剧 / 紧束的道具摊开 / 袒露，在青天白日 // 抬起手，那一道神符划过 / 似有什么抖了一下，/ 表层是肤浅的，痛也是 / 宿命至今无法窒息。

　　在这首《忌讳》里，诗人描述了侗族的很多忌讳。在祭祀时，是需要回避的。在做法事的时候，也同样需要避让。否则，他们认为有些因果报应会跟随而来。这像是命中注定，也是一种宿命。

　　三是体现了侗族文化的民俗精粹。侗族文化的最典型特征就是民俗风情，比如吊脚楼、风雨桥、哭嫁、傩戏、尝新节，等等。诗人在诗集《漖水谣》中进行了大量描写和演绎。譬如：

　　　　背篓少女，随几只唢呐拉远拉近
　　　　喜悦中，几束稻苞泛起镰光
　　　　那几乎被淹没的笑靥
　　　　另一面有弯陷的伤

　　　　抱紧芦笙，像抱着另一个低音
　　　　凭借侗歌蝉声，接近，盘桓，示意
　　　　飘入眼目。决绝如刀锉，滴血

我不能开启你心意死结的锁

背靠某个夜晚

在丰收的敞口，饮苦胆酒

像深井抽出麻口的盐

——（《尝新节》）

侗族人民在每年丰收后，于农历六月第一个卯日，会十分隆重地过尝新节。这首诗歌写的就是一群少女跟随唢呐声前往过节的一段。她们在稻苞的光影里，泛起喜悦，怀抱青春和芦笙，载歌载舞，演绎了一个侗族在丰收中体味幸福，也回味背后的心酸和艰辛。这个风俗也是侗族坚韧性格、乐观精神的一种透彻反映。

诗人还在《面具》一诗里写到了侗族极具特色的风俗"收脚印"：

一个人，一只狐狸的内心

共一个鼻孔，一条命

抑郁，猜忌，欺骗。一次把脉

确定欲望在梦醒时破碎

他跟随你，沿着来路"收脚印"

假装喜怒哀乐

假装在正角与反角间，游离，转换

他是你的傀儡

锣鼓齐鸣，褪下最后的伪装

那原始的卑微，彼此颠倒

与众生散去

当老人觉知自己时日不多时，便会去自己曾经去过的所有地方再走一遍，即把生前的脚印收回来，才能安心离世。这就是侗族的"收脚印"。诗人在这首诗里，淋漓尽致地体现了这个民俗，以及对生与死的眷恋与透悟。

三、诗歌表现的多元性

李肖在《论诗歌的美学表现形式》中，对诗歌的表现作了概括性论述："诗歌是用最凝练的语言、最丰富的情感、最美妙的想象组合而成的语言艺术，它有绘画一样的视觉、音乐一样的风格、神话一样的意境，故诗歌的视觉美、韵律美、风格美、意境美，共同构成了诗歌的美学表现形式。"如今，现代诗歌的表现形式越来越复杂和丰富。而诗人雄黄也正是在现代诗歌的发展进程中，把握了它固有的传统性，也融合了后现代诗歌的多种表现形式。具体来说，就是以下几点：

一是传统表现艺术的传承。《毛诗序》说："故诗有六义焉：一曰风，二曰赋，三曰比，四曰兴，五曰雅，六曰颂。"这"六义"中，"风、雅、颂"是指《诗经》的诗篇种类，"赋、比、兴"则是诗中的表现手法。雄黄《溆水谣》的表现方式，也继承了中国古典诗歌这些传统的表现方式。他不仅通过"赋、比、兴"很好地进行描述、叙事和抒情，同时通过各种修辞手法，表述了诗歌的意境、情境和心境。

如诗歌《傩戏》：

以脸面示人，人鬼难分
像一场法事，刀剑与长袖抵抗心魔

戏曲有四路
一路在追逐中溺水
第二路以身形挪移之术，驱邪
回头是第三路
而"咚咚推"是四路，鼓点紧密
倒逼一生

从火光里，我认出了
一个极度扭曲的躯壳
是怎样任凭一双手深入骨髓
拿捏昼夜

诗歌第一节使用了比拟、借喻等手法，把傩戏比喻成一场法事，借喻为一把刀剑和一只长袖，与鬼神（即内心的心魔）做斗争的过程，这是"比"。第二节使用了"赋"，也是直接叙述了侗乡四路村天井寨傩戏的演示过程。第三节则是"兴"，托物起兴，书写诗人对傩戏的情感感悟，反映人性的扭曲、无奈和抵抗。

诗人在诗歌表现上，还大量借鉴了古典诗歌"起、承、转、合"的表达方式。让我们来读《象鼻塘》第三段：

一只野鸭啄着浮草和落日
水里的花园，有湍急，也有平静

隔岸相望，波纹是预想在延展
浪迹的样子
触碰到你心底那根弦，弹响岁月

把念想交给雨，船只带走过往
与虚空
你以回旋抵御呐喊

一个人的世界，像石头沉潜
任洪峰淹没，谁也无法摘取的星辰

　　诗歌第一节的"起"，是整首诗歌的铺垫。诗歌对象鼻塘的意境进行了描写，野鸭、浮草、落日，以及流水如花园，湍急与平静。第二节则是"承"，既是对第一节的续写，又是对上下的一个承接。诗歌通过写波纹，延展到人的内心。既是第一节象鼻塘意境的承接，更是从意象到心象的过渡。第三节，则是"转"，是情境转为心境的转折，是诗人从"雨"中，把念想交给船只，交给"过往"，然后从呐喊里升华为"虚空"的感悟。第四节为"合"，既是对第三节转的提升，更是整首诗歌的"诗眼"。象鼻塘，其实就是一个人的世界，像石头一样的生命，可以沉潜，也可以像洪峰一样飘零。
　　二是后现代表现艺术的探索。后现代超现实主义，是盛行在两次世界大战之间的文学艺术流派。此流派承自于达达艺术，并且对于视觉艺术的影响力深远。探究此派别的理论根据，是受到弗洛伊德的精神分析影响，致力于发现人类的潜意识心理。因此，主张放弃逻辑、有序的经验记忆为基础的现实形象，而呈现人的深层心理中的形象世界，尝试将现实观念与本能、潜意识与梦的经验相融合。后现代诗歌的表现，也引用了后现代超现实主义的表现方式，更加注重诗人内心、心理以及精神层面的"心象"表达方式。诗人雄黄在《濑水谣》也在这种表达方式上，进行了有益探索。譬如《种植》：

一枚种子没有月光沐浴
让失落伏在深处静默
将你的坚忍，盘活

季节扑空，我的丰收也被压缩，稀释
而田园属于你
属于圆寂的眼帘，平静的阵雨
欲望慢慢消融

我们坐拥整片山丘，无须继承
仇与包容
任锄头长锈，温润是内敛的
我默认你从未遗弃

赶赴下个晴天，我们不会悠闲忆起
收割的姿势和饱满

诗歌写的是种植，其实一直在写"意识"，一种从现实生活里提炼而来的心理历练过程。这枚种子，是诗人自己，没有月光，只在深处静默、坚忍。他的欲望被压缩、消融。他早已忘却了仇与怨，唯一温润的是从未遗弃初衷。他提醒自己不要刻意回忆那些荣耀和饱满。全诗就是写诗人内心的心理活动，用自己的心境打开精神境界的全过程。这是典型的后现代诗歌表现方式，碎片化的、内心的、自我意识的、唯心主义的心意表达。

三是诗歌本质艺术的体现。海德格尔在"诗歌的本质"里指出："诗是用语言和心理活动的词汇来表达的，诗歌是存在于精神状态中的词语的含义。"从这个意义上来说，诗歌的本质特征就是呈现、想象和隐喻。如诗歌《摘李子》："我揣着你的暮色／相隔光年，也只是一念／在无声的怨里，你收获了／成熟／以释怀我的望，像执念／被真实松绑／／有人读懂了，节气是流逝另一种验证／我们认同，渴望在酝酿／圆润／／生涩顺从木梯，离开身体／把每一份视野从海洋取回／本真的天空／我弯下腰，开始回味／／松开你，繁星点点"。诗人呈现的是摘李子的心路历程，从李子的暮色里，看到的是个体生命的暮色；从无声的采摘中，采摘的是个体的执念，一个成熟中年人对生活松绑的愿望；从果子熟稔的过程，看到了时间的流逝、生涩的褪去，以及对生命旅程宏大的对照。"暮色"与"节气"是李子的呈现，而"木梯"与"海洋"则是生命成熟与胸襟的想象。而"弯下腰""松开"与"繁星点点"，则隐喻了对人生理解的另一种低微、放下、深邃与荡然。这首诗充分展现了诗歌本质的呈现、想象与隐喻，具有诗性广泛的意味和语言的弹性。

诗歌的呈现要体现想象力与隐喻，必须抵抗呈现的"自动化"，也就是诗歌一般性的陈述、叙事和描写。因此，"陌生化"的处理方式和诗艺运用很有必要。"诗歌陌生化"是由什克洛夫斯基提出并逐渐发展完善的。但在西方文艺美学史上，第一个对"陌生化"理论进行论述的，则是亚里士多德。他指出："给平常的事物赋予一种不平常的气氛，这是很好的；在诗歌当中，这种方式是常见的，因为诗歌当中的人物和事件，都和日常生活隔得很远。"《溅水谣》充分运用了这种诗歌陌生化的语言处理方式，使得诗歌语言更富有张力，诗歌表达更具有魅力。譬如《挖掘》：

> 十月，蹲在坡地看你
> 有点眩。是红麻在滑翔，你的心满是喜鹊
>
> 镰刀休憩，是脚印与脚印
> 让每一份沉寂醒来，生津
> 变成我的溪水，可以打捞的灯火
>
> 不想呵护错与对
> 放纵，或是抽离
> 你守住我的繁华，厌弃的俗世

在这首诗歌里，诗人主要表现方式就是"陌生化"。他的表现不同于常境、常理、常情、常意。突破常境，"十月，蹲在坡地看你"，而不是"你蹲在坡地看十月的风景"；突破常情，"你的心满怀喜鹊"，而不是"你的心情雀跃"；突破常理，"是脚印与脚印，让沉寂醒来"，而不是"脚步声打破了沉寂"；突破常意，"你守住我的繁华，厌弃的俗世"，而不是"你我相守于俗世"。诗人通过陌生化的表现方式，使

得整部诗集都充满了语言阅读的活力和快感，产生了诗歌浓郁的延展意味。

四、诗歌内涵的生命性

陈彦戎在《论外国诗歌的生命性》中，对诗歌的生命性进行了阐述．苏珊·朗格是西方羊学中卜一位卓越的女性美学家，"生命形式说"是她理论思想中—个重要的概念，为我们思考辨析艺术与生命的关系，提供了新视角和新方向。在苏珊·朗格看来，艺术的本质就是生命的本质，艺术是一种生命的形式。诗歌作为艺术形式之一，显然也具有苏珊·朗格所言的生命形式的基本特征。以苏珊·朗格"生命形式说"来探讨诗歌的艺术生命性，由此获取对于人之生命和艺术之生命更为全面、多样、深刻的认知。

雄黄在诗集《溦水谣》里，通篇融合了这一生命体验和深刻感悟。他在以下三个方面展现了这种诗歌生命特征，即通过人物关系体现生命性，通过直接面对生死体现生命性，通过宗教体现生命性。

一是通过人物关系体现生命性。《溦水谣》第二季，诗人通过抒写侗族亲人、乡亲、侗乡人等各种人物，建立起一种与诗人生命相互关联的人物关系，也是建立了一种生命与自然的生命关系。这种生命形式的表达，为诗歌创建了一个活生生的生命世界，为诗歌打开了一种鲜活的诗意空间。譬如《母亲》一节：

百岁寨老，蹲守木楼
每天摆寡门子，扯谈，交换笋壳鞋样
困了就躺木凳，任风吹

缓缓地，火塘边鼎罐沸了

神龛下香火燃尽了

侗歌悠扬

　　诗人写母亲，用词极其简洁，却将一个生命活生生地呈现在读者面前。诗人构建的这种亲情关系，也深深地触碰到诗人自我内心。又如诗人在《石匠》中的描写："星子四处飞溅/扬鞭追赶，每跑出一步/花瓣凋零一次/又盛开一次//沿着开凿的出处/给石头招魂，咒语叮当"。诗人与侗乡的石匠，建立了一种特殊关系。这个关系中，诗人用自我生命的意识去关怀、关照另一个普通侗乡人的生命体验。石匠的生命是星子一样随处飞溅的，是每跑一步就会像花瓣一样任意凋零的，是为石头招魂，同时也是默念自己生命的一个咒语。这种生命的坚韧、卑微，正是个体生命在自然环境中的不屈与隐忍，更是诗人唱响的生命赞歌。

　　二是通过直接面对生死体现生命性。诗人在《生死》这组诗歌中，完全细致地体现了生命的意义。他写了"遗嘱""现场""接气""丧事""归途""埋葬""唢呐""换墓碑""清明"。这组诗从"遗嘱"开始到"清明"，就是描写死亡的过程，以及与死亡相关的丧事。诗人敢于直面死亡，也是对生命的崇敬与眷恋。譬如《接气》：

弥留坚守

最后的火焰

像那盏灯，在火铺上飘摇

等待苦涩，焦灼
眼角呈现的暮色
仿佛久等的那个人，忽然现身
呢喃，和延续

流水像落花
那些逝去的，在最后还原

在侗族民俗里，老人临终之际，儿孙须在侧，拉着弥留老人的手"接气"，家族才会传承延绵、兴旺不衰。而诗人在书写这一民俗时，反映了对生命的尊重与关照。这是生命的完结，更是"仿佛久等的那个人，忽然现身"，是生命繁衍过程里的继承，也是诗人对生命的一种轮回理解。

三是通过宗教体现生命性。德国作家汉斯·昆和瓦尔特·延斯在《诗与宗教》一书中，阐述了诗歌与宗教的关系，阐释了信仰与诗的联系，旨在让作家和神学家重新思考，敞开视野，扩充心量，高瞻远瞩。诗歌不仅从哲学角度思考诗性意味，更要从宗教角度去理解诗歌世界里，人与自然、生命与万物的诸多联系、对立和影响。包括写作者在内的一切艺术家，如果不广泛涉猎诸多的哲学和宗教等，那么其境界会受到质疑，作品不可能既接地气又立意高远，而且创作道路也走不远。在诗集《溇水谣》里，诗人无时不在用宗教理解生命，特别是用佛理去对应生命的存在意义。譬如《松林寺》一节：

隐衷，吐着绿信子
藤蔓与阔叶，铺排的繁花

转身，饱满

爬行类带刺
乘人不备，让月色闪入
给花烛，补一层薄霜

起心动念
允许双手反背，仰头，张嘴
相互交换

拜会百年老藤
红布条缠绕，风一吹
像经幡

诗人的松林寺，是藤蔓吐着"绿信子"，这是欲望的隐喻，也是繁华的警示。这种欲望"带刺"，给生活"补一层薄霜"。对生命的警示，诗人是用信念劝慰的，允许用精神与世俗交换，许下另一个："愿"，生命的"念"。又如诗歌《悲喜》："与你在一起——/像树梢的最后两枚叶子/接受风吹拂，余下的结局//像那只蜜蜂/流连花朵和回声//祥云下/记事的绳子越用越短//悬崖绝壁，死亡会放下/光的绳梯"。诗人与生命对话，存在是一种镜像，从中看到了叶子的另一面，自我个体的生命，像蜜蜂"流连花朵和回声"，更要面对死亡的绝壁，与时间抗争。

诗集《溮水谣》其实就是诗人在生命长河里，对亲情、故乡、生活、生存的一种全新的生命体验和领悟。这种体验，既真实可触，又魔幻如梦，如同生命与存在一样，困扰和警醒诗人。

作为诗人雄黄的好友，我也是一个侗族诗人，借此机会也可以更好地阅读和理解侗族诗人雄黄这部获得中国作家协会2018年度少数民族文学重点扶持作品。这本《溆水谣》诗集，不仅是一部展示侗族民俗、风情、习俗的文化史诗，也是一部展现侗族文明演变的赞歌，更是体现侗族对生死、生命、生存的深度验证。

我期望侗族诗人雄黄，以此诗集为起点，走向民族的、世界的诗歌之林，谱写又一曲人生的侗族大歌。

2021年8月9日，芷江

第一季 水源

藻水不舍晝夜，不舍長流

像一個楔子

一點一點契入，一個離鄉人

汩汩而出的全部

溅水不舍昼夜，不舍长流

像一个楔子

一点一点契入，一个离乡人

汩汩而出的全部

风雨桥

雀声回旋，是一种真实在无限逼近
眼中的遗址——
恍惚岩鹰盘桓在芭茅与落日间，伴随
炊烟与呐喊，融入山谷下的河流
寻找踪迹

还有多少隐身风中的人
眷恋山峦，以及未成卸下的魂灵
借阳雀为化身，围绕寨中鼓楼
静默似浮雕

寂静被更深的寂静打破
是唢呐撕裂围拢过来的空气
进入这四合院，土屋门口几副对联
儿时腾舞的龙灯狮子，那些花轿一直在山歌里荡悠
整个山峦也随之晃动

从倒影中抽身，离开池塘那对黑天鹅
将天色与水色分开
决绝地向前
眷顾有多危险，记忆就有多陡峭

走过风雨桥

他成为自己的身外之物

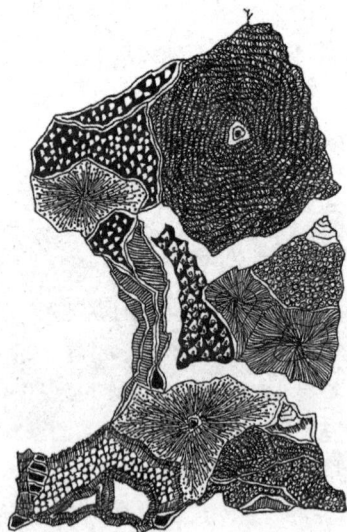

悬棺

一

押落日交给绳索
留下川流
诱惑像骡马的蹄印
长出炊烟

鸟窠在暗示，断崖在暗示
低头看水
唢呐在吞咽

时间的凿孔
有飞鸟唏嘘，陈述一段结局是怎样
被赋予悬念
失去声音与水分

有人遵从祖训
而你是飞翔的谜底

二

有些酸涩，那是风的味道
在重复，来往与去留

从岩石的缝隙，瞭望
昼夜
繁星在凝固
没有人知道，天空有多短暂

当怀念成为镜像，鸟开始坠落
水面升起
你把雪花当成遇见

三

钟声将山谷唤醒
石阶在隐退，梵音萦绕

闭目，手里拽紧的一炷香
伴随一场超度，在伤口处插花

漫山遍野的杜鹃开了又败
从慌乱的黎明出走

侗寨

一

站在河门，水浪排空
心旌荡漾，融入碧蓝。尝试临摹
你的名号，长出蝴蝶
林立的桅杆，次第发芽

踮高脚跟，效仿老人，触摸浪尖
抚弄流水和倒影
预支胆气和谦卑，赴会
尘世的眷恋

是眼睛种植的向日葵，在大地学会仰视
亲与近，敬与爱，首尾相连
轻轻叩响古老的门环
摊开田园风情长卷，接驳滚烫的幸福秘籍
扼腕，慨叹，缅怀，惊醒，敬启
你的版图，也是我的领地，每个方位都占尽风水
都是锦绣乾坤，如叶芝"随时间而来的智慧"
深不可测

二

琴声悠扬。出自身着侗族服饰的女子
拨弄琴弦新曲
曾经打理油盐菜米，桑麻竹苇的手
也是撸起袖子酿酒，轻摇乌篷船的手
月色荡漾如水，倒映

欸乃声，蛙鸣，虫吟，水浪声，都属于侗歌
始祖的幻术。融南腔北调于一炉
命数中上上签的福报，掷在签筒之外
家园稳如磐石，坐落在卦象上

一盏盏河灯脱手而去，点亮流水
那些无边的祈福，沿河布道
以石狮作镇纸，镇守内心

家在浮桥的乌篷船里，在青瓦屋檐下
也在山水画中
任何一处炊烟，都是一种唤醒
一株稻子回到稻种，归顺
分蘖的根须，有幸成为乡愁

三

不曾忘记岁月，在冷眼旁观
不去赘述喻义
且看那些如雷震耳的姓氏
点亮天空的星辰部落

相对于辉煌与传奇，生命与死亡，悲欢与离合
小石桥的墙缝里，几株摇曳的小草
和龙溪古镇，苔痕里的草木之心
这么多年的太阳，光芒覆盖每一寸土地
以微妙的角度照耀
与劳作者一起，围着鼎罐炉火谈笑
看一个个王朝，从墙头垂下的绳索——
那些前世的果

四

一浪浪流水，早把过往逼上沙滩
一波波人事，倒伏于时间的算计
河口，当年先人的起锚地
经过谋篇与布局
换取通达的自由

没有什么比流水更冷酷

面对溅水，许多人习惯画纸为牢
靠一支笔豢养自己的灵魂，日夜刷新分娩的美
低头把生活，田园的平仄迎出来

命运长途奔袭，挑破脚板血泡后
继续在注视中，获得加持，渐行渐远……

五

绕着山体这颗庞大的螺栓
拧紧，盘旋
已没有退路，往高峰攀爬

寨门口，有山歌和拦门酒
死死抵住门楣
能够推开的新年，携裹一阵风
锁住中年的目光

新年枝芽，都赠给你
那枚月亮
移到头顶，提醒天空多么遥远

六

一只鸟顺着山脊斜飞

扑向傍晚

风雨起伏
一场演出，正聚集着一方乡亲
摇晃中，翅膀收拢
一颗心反复拉伸，折叠

歌声再起
明月装点苍穹
"五更公鸡叫连连
为何不闰五更天"

榕树前
星星随月亮回到高处

七

数千年瑶白的一只鹤，栖息在河畔
在杉树、花阶路、鼓楼和歌舞间

一直依恋文书楼，尖顶上的风
临水而立，轻易唤出
骨子里的笛音

风雨桥穿过县城

流水不断，一会儿叫皈依，一会儿叫眷恋

无法返乡的人，唯有梦里
逆流而上

侗家民俗（组诗）

忌讳

沦落在下午四点二十分
这时，是一个忌讳
需要躲闪，避让
隐形的芒刺，罗列的炙苦
潜入屋檐下

任何一场意外都会加剧
紧束的道具摊开
袒露，在青天白日

抬起手，那一道神符划过
似有什么抖了一下
表层是肤浅的，痛也是
宿命至今无法窒息

石头

不精通"湘西水鬼"换气奇术的人
切不可轻易涉足深水
没有足够时间
与水中神灵交涉
水中密道
易遭封堵，冒犯鬼怪

——河岸边，念动咒语
焚香化纸，恭请上师
憋气，抱紧石头。在水中
一步步朝前，不回头

那块石头
被视为：神器，护身符
供养神龛

坐妹

有凳坐凳，有岩坐岩。
无凳无岩，坐到妹的霸腿来。
——侗族大型实景剧《坐妹》唱词

暮色，阿妹这一朵夜桃花

开遍河岸

琵琶和花帕，沿着花香寻找去处

在你眼中，放牧夜莺和画眉

鼓楼在暗处，铆足劲往上长

流水潺潺

一辆纺车，一篮棉花

从芦笙中抽出丝线

"水车旋转哥莫呆

喜鹊喳喳好事来"

板凳，被刀砍断脚

岩板，被草鞋踏破

他用目光抚慰月色

等一场覆盖

哭嫁

他跟随人群，像从未出现

目视一条河流缓缓流逝

寨门外，一支队伍被唢呐牵引

慢慢走进村子

哭声伴随泪水，幽怨，绵长
唱腔单调而固定，内容庞杂

"娘啊，你是替人挑担嘛白费的劲
替人背草嘛干操的心
鸡抱鸭蛋是替人抱
你是瞎子点灯替人点的啦
你着了空力嘛操了空头的心
女儿记得娘的恩嘛报不了娘的情啦
娘！女儿记得娘的情嘛报不得娘的恩"

新娘忙着梳头——挽辫子，盘发髻
忙着开脸——脸颊的汗毛绞净
盛装出行
从家乡去往另一个家乡

天已经亮了，人潮退去
平溪河依然流淌

竹筏

与葛藤一道
将一块疆域，一个族群，一个村寨的风水
绑在竹筏上，漂泊

脚印，眼神
紧贴水面，慢慢飞
那些谚语，习俗，山歌和民谣
透亮

炊烟，在浪与浪间
蜿蜒，栖息
剖开竹筒，取饭，引出筒中酒
尘世
又回到手中

平溪河

一

他在水边出生
却仿佛从未认识这条溪流

草垛越来越枯萎下去，在水流中留下倒影
无法从水中抽身
群鹅漂浮其中，伴随着啼鸣之声
白云依然在高处
无限辽远

他和周岁的霏霏坐在河滩
欢笑，嬉戏，搬弄冬天阳光下的石子
修改流水的弧线
看着无数的葡萄架空落地
吟诵，一行行朴素的句子

起身时，河水不紧不慢
喧哗，弯曲
重新返回原来的流向

平溪河，像可有可无的跟随
将他们与这尘世
分隔开来

二

他来自侗族大山
溪流的一隅

来自山崖，树根
来自眼角，汇聚

经过很多章节，越来越庞大
越来越重，越来越快
成为河流的主宰

学会了埋葬：传说，故事
取水的亡灵
和把清洁还给身体的人

人间继续——
在河边洗菜捣衣
孩子们在戏水
站在河堤上

听鸟鸣和流水的喧哗
流水穿肠而过

抛弃河岸和树木山峦
流水消逝在拐弯处
隐隐作痛。那只绣花鞋
孤零零，留在岸边虚空里

三

认识你以前，很多美
边缘是模糊的，我们以水命名水
玩按下葫芦浮起瓢的游戏
估算麻质与丝绸的手感

炊烟袅袅，常年住在芦笙里
被一分为二，布满河滩
心是一张帆，一面任侗歌簇拥
另一面又氤氲星光

澄明之美独有来处
青山隐藏源头的寂静

凭栏站立，每天看两岸
脱下悲欢
留下砂砾和叹息

胞衣地

一

在湖南新晃，扶罗，岑庄
某一棵树上，某一只竹篮里
关于他的出生，和姓氏
有水流的地方

春风，秋雨
蚂蚁忙忙碌碌搬运着
一片天空下，卑微的命运

平溪河与潕水，再一次弯曲
一直弯曲至山峦的尽头
耳朵里，静默到虫鸣
绵延，起伏

他看见，亲人慢腾腾走向黄土
与春天

二

侗寨的树多，岩鹰也数不过来
每一种树都有各自的命数

杉树的去路留给：盆桶，凳椅，棺材和鼓楼
苦楝树或油桐树，都是每个小孩
胞衣的存在

在树丫高处
母亲和孩子，成为树的一部分

上学时，忍不住抬头打望
那一句咒语总缠绵于耳边
"三代胞衣归你吃"

三

隔山，隔水，隔寨
一个眼神与出生有关

三月溪水，潺潺
在窗下，梦里，月亮搭弓
风雨桥可安顿春天

第一缕晨光，赐予侗寨光芒
袅袅炊烟，容不得拒绝，质疑
那些生灵，日出而现，日落而归

时至今日，鼓楼依然高高在上
寨门楼，流光溢彩
唯有水车，依旧用古老的方式
述说侗家胞衣的出处

在一棵树下，不经意地回头
日子邂逅

四

白色小点是浮云
劳作者不能窥见，融身于山峦

古镇，黄色或灰色
他手指移动，停落在胞衣地

平溪河颜色起伏
不易觉察
色彩以浓淡示意山的走向
而祖坟形状无须标注

看清一张地图

看久了

看清自己全部悲伤

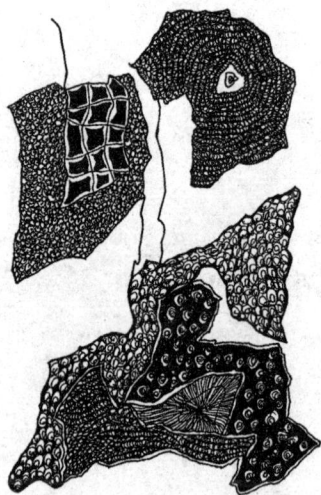

岑庄

一

远方，是淡蓝山阵，涌动
但从未靠近这里。脚下
依旧是这条山径，落满松针
坚果，金盏菊的细脆嗓音……

有人能看清天空飞鸟的道路，并就此
划出复杂的轨迹。而昨晚
一本古书里的繁体字
正在心中化成枯叶飞舞

多年来
除了这小径，还有什么不可变？
薄雾中，鸟迹闪现，旋即消失

晨光翻动纸牌，赌徒般的落日
每到离开，就有点犹豫，试图
说出某个古老的秘密

多少次，他在梦中远行，出现在
陌生事物阴影中
借助它，大山已倾尽了所有

它一直都是另外的事物
陪伴山中乱走的人，又带着
谶语般难以自明的孤独

二

黑暗倾泻，他在坚持
厮守

在黑夜没有真正来临前
他们有足够的耐心，一边聆听鸟虫倾诉
一边缝补渔网，捕捞
那枚星子
（需要下拉入怀，擦去蒙尘）

山高路长，一个中年人在等待
灯火阑珊
等一个人抵足而卧，笑言江湖

山中老人说：水深有蛟龙，山深有灵物
他站在星光下，细细端详，认定——

月亮与她

三

尝新节，去贡溪天井寨
看风，看水，看石，看傩戏
整个岑庄依旧，有太阳宠幸
母亲的棉被有焦糊味
像一直晒在河滩卵石上

苞谷按时挂须，稻谷灌浆完毕
稻草人不忘记，握紧棕毛响篙
老屋挂锁锈蚀，陷入祖父的眼窝
燕子起落，无法折进堂屋安身
一直萦绕四十多年的炊烟

哑巴老成，还在拱桥上
坐着傻笑
九十多岁的满婆，拄着拐杖
蹒跚在日头下

此刻，汉忠药店没有乡亲
在炼钢土炉的树荫下，母牛刚刚分娩
油桐果扑下身子
从绿叶丛里露出圆脸，探望

远方打工的人，在微信里找到去处

岑庄，每天从山顶升起
发现：太阳和月亮，紧挨着山峦与树林
好远的苍穹

四

岑庄，他注定被深夜一次次唤醒的地方
那里，月光像流水洗过一样

顺着岑庄坡这把木梯滑下来
没漏掉山脚小溪，和任何一簇芭茅

面对留守人，几个归来者接受恩光
累了。月亮照进堂屋
木板壁上两位永远熟睡的老人

月亮，是一艘倒扣的船

扶罗镇

一

他审视着，那一片很空的天
像水漫过堤坝

扶罗，人流集中的地方
本地的山蕨粑，灰碱粑，土制葡萄酒
绿豆粉，红苕和黄牛，顶着蓑衣
从各村寨而来

随着鼓锣声起落
人头，鱼一样攒动
八十多岁的舅公，姨娘，舅妈
大爹，伴随旱烟的味道
而表哥迪不是。这个来自天柱八界的亲人

没人理会塑料布上死去的雄鱼
和"汇丰楼"暗淡的金字招牌
远方打工的人回家过年
和后生靖贻即将结婚的消息

让整个场上蠢蠢欲动

街边站着母子俩，出售猪仔和香瓜
那个少年羞涩寡言
喉咙里那句吆喝，至今四十多年了
一直没有喊出

二

喜鹊在河边的枝头
啼叫
解密春天

雨后，一群红蜻蜓
空中飞
几只降下身子
点击水面，涟漪

一片白云
随风走得轻快
不一会儿越过山寨边界
河流不急
缓慢得几乎忘记了自己

漆树，满身疤痕

像许多瞪大的眼睛，看——
雨燕衔泥，飞进飞出
蜜蜂轰鸣，俯身南瓜花内
一群麻雀在屋檐下安家

炊烟素净，是这个镇唯一的
消息树

三

他无法原谅自己，离开太久
那另一个自己

离开原有的轨迹，重逢
像散落大地的火星找到干柴
抱头相认

时间长出皱纹
是一只翠绿的囊
收容，所有的卑微与放肆

一路行走，一路欢呼
眼中诸多风景卸下旧时光
涧水，溅湿身体的经文

鱼贯而出，一行行泪逃离眼眶

虚空逐渐复原

生死（组诗）

遗嘱

"绝不和你爹埋一起！
活着一辈子受他管
死了，要单独自在！"

九十岁生日那天
老人交代后事
眼光逐一扫过五个子女
直到他们点头答应

老人瘪嘴笑了
踮脚给堂屋的相片上香烛：
"老王啊，你不用再操心了"

这时，冬日的风
正轻轻吹过她的脸庞

现场

他在现场目睹这一切，像一场风
吹落满地树叶

人们永远不知道：一滩血散落
于高坎上这块菜地
停止流动，褐色成为哀恸

摘回的豌豆，躺在豆荚里
手紧握锄头躺在地上
可是，那个缺口
此生无法填补

门前的河水在流淌
一群人将亡者抬上山
坟上的经幡飘动
那些发芽的洋芋
开出紫色的花，在风中摇曳

接气

弥留坚守
最后的火焰
像那盏灯，在火铺上飘摇

等待苦涩，焦灼
眼角呈现的暮色
仿佛久等的那个人，忽然现身
呢喃，和延续

流水像落花
那些逝去的，在最后还原

丧事

花圈，棺罩，朱砂，灵屋，寿衣
与充气拱门，冰棺，一应俱全

一壶甲缸米酒，代写祭文
封口得贴上红纸

每次接活都很上心，戴着老花镜
字斟句酌，反复唱诵

外孙朵朵说，尔公不晓得偷巧
用智能手机，百度下载

他说，身世各异，不能千篇一律
而且每个亡灵，躺在棺材里，闭眼在听

归途

引路钱一路抛洒
一群人挪动着
抬着老人
赶往另一个世界

一锄锄刨，一抔抔土
慢慢垒上

"不再醒来的人，根本没走出村寨"
堂前燕在经文中，飞出飞进
陪伴木屋和老伴

挥镰割草的人
一生被青草牵绊

埋葬

水流之处，到处都是坟场。
他可以悲伤，也可以淡然。

埋葬，在侗族老家
有各种不同的方式——

丧歌盖棺亡者，
一生的过往，沉入比棺材还深的井底。
数月后，悲戚连同哭丧棒，
全被青草覆盖；

阿婆让阿公牵牛犁地，
整平后，点进瓜种豆种，再覆土，
不久，新芽出土，轻易推翻这种埋葬；

前来岑庄探矿，借住吊脚楼的地质队员
掏空黄瓜：罕见的白砂糖，填入奢侈，
被一个少年的羞涩冲撞，撒满一地。
甜蜜一直在意念里，持续发酵；

闯入生产队育秧棚的几只麻雀，
啄食发芽的谷粒，被麻子怪拿下，
和洋芋苞谷一起下锅；

孤寡的地主婆，猪菜篮里
埋着生产队的苞谷棒，
和个人的渴念：与单身汉的奸情。
真相大白后，
悬挂于屋梁，吐出长舌，

埋葬于风中——

唢呐

按住孔
声音进入死胡同

红喜时，摇头晃脑
拼命折腾，带头往烈焰里浇油

白喜时，悲戚呜咽
歇斯底里
一人独揽所有的哀伤

平时也吹——
像九十多岁的满婆
没事时，总爱往棺材里躺
练习死亡

换墓碑

种在地里的先人，挺讲究的
托梦给黄族江夏堂
岑庄的头人汉忠与汉文：
换换门庭

择日，焚香，沐浴，戒房事

晚辈后生，吆喝着
上山

——这些命脉
根连根

清明

雨纷纷，他记恨这一切

山，照原样起伏
葱绿，似乎与往常无异

山路上多了一群提竹篮的人
拖儿带女，腰挎柴刀
砍尽坟头杂草

这一天，天空细雨绵长
而疏朗

侗乡（组诗）

寨子

他独立于清晨，一个人的侗寨

河堤有树，树上有风，风中有鸟
鸟衔着春天
第一声鸣叫，轻轻唤醒
乡音

那片草垛站在岸边，效仿那两只白鸭
把身影倾倒在平溪河
木桥，脚步和口哨
撒遍两岸

清晰窥见——河里的石子
慢慢浮出水面
这也是他一直缄默的原因

这些，都属于一厢情愿——
一座铁塔上，两窠雀窝

一群喜鹊，把一年的喜悦
重新铺满空旷

农家历

他死死盯住节气
一切诸如瓜豆红苕的阳春

叶子烟，米豆腐，山蕨粑
每逢农历初一或初六
随板车上猪仔的叫声
慢慢涌进，扶罗集市

男女谈婚论嫁时
双方交换生辰八字
相互算计着
来日

洗脚上田多年的父母
年年离不开
这一次次撕扯

某一个元旦
高中生俊钦懵懂炸响一挂鞭炮
全村鸡鸭牛羊四处奔走

日子，乱了分寸

赶集

皇历一页一页撕下来
他在这撕扯中，完成了一生

逢初一、初六，小镇热闹起来
竹筛里小鸭小鸡，毛茸茸地叫唤
蹲下来，抚摸
莴笋的绿，豆腐的白
笋子的青，鹅蛋的黄

她，背篓里许多葫芦丝和竹笛
摇晃，像风声，像月光下凤尾竹
鸣笛

摩的载着老妪
笑着离去，目光离不开地摊
塑料布上，那尊慈眉善目的菩萨

一捆笋子，两斤葛根
辣椒秧，茄子苗，西红柿，各一把
他每周都出山赶集，生活——

像集镇上，飘摇的炊烟
以及老街上凸现，弯曲的花阶路

闯入

从扶罗到贡溪
原来经过岑庄砂石路
炼钢土炉的遗址在路边
冷却

他闯入，惊动雀鸟
一窝小鸟嘶鸣

暮色抵达
雾气慢慢升起
清除落差
一个童年逝去

重心

阳光铺满山径
一群人说笑着，去贡溪赶集

岑庄坡上，歌声不断
从山顶倾泻下来

阿婆背着小孙
翻坡

一个汉子挑着担
把孩子装入箩筐

肩膀承重
往孩子那边挪了挪

岑庄的重心，调到了黎明

夜郎园

等得太久，侗寨荷花败了
枯叶与莲蓬跌坐泥中
不远处，鱼吹着泡

村头那棵古杉树
依然翠绿
还有鸟鸣

一座三王宫，放下身后荷园
蒲钰三稽首
月色升起

故园

辗转已久，以为那节流水早已隐去
心头那缕晨风，那鸟鸣
月下草垛，和瓦窑故事
其实一直都在碓窠盘踞

天空在故乡退让中露出破绽
歪歪霓霾，闪闪霓虹
代替月亮和家训

梦褪去原形
乞求重新开始，但只能从伤口
再次进入春天

剪影

山道上，牛羊摇着铃铛
开始下坡
老人叼着烟杆
扛着犁耙跟随

夕阳，笼罩山峦，寨子
院坝里唢呐声声——
一群人忙着入殓，写灵牌，摆供品

吃饭时，米饭先供棺材里的人
添油
烧化的纸钱
并准备——
悼词

过客

一个叫扶罗的地方
在晃凉公路的中途
乡情到此为止

一坝子田，翠绿
一群鸟隐藏于树丛
葡萄园里，几只喜鹊叽叽喳喳

一条河流挡住了去路
洗去风尘

每一次离开，都是一次交换

龙溪口（外五首）

从记忆的卡口进入
必定是这归乡之路
姚家院子，教堂尖顶
燕来寺的钟声

假期也是亲情回溯
成为一次修行
他目光变得呆滞，触到龙溪口
最敏感的部分，水花溅起

那少年木马，依然在奔跑
尾随盛夏，晃州风雨桥，鼓楼
以及风掀起的衣角

龙溪口，总有母亲凝望的身影
泛起溆水层层涟漪
也有另一位归人挽着老人
和她并排坐在河边

流水里，船上鸬鹚声声
觅食的白鹅倒立水中

老人嘴唇喃喃，像在旧矿坑上挖掘
苦难与清贫，忧伤与甜蜜

他拥着涛声和渔火，顺着浮桥往前
任水浪拍打，等一场风暴
和闪电，击中长夜

溪水不舍昼夜，不舍长流
他也在这不舍中，穿行或停留
每一个小巷，每一个路口
那里一定有她

像一个楔子
一点一点契入，一个离乡人
汩汩而出的全部

龙溪书院

他站立于黑夜的最顶端
另一个身影总在不远处
端详

正门上有蒲钰悬挂的匾额
和张日仑的对联
对视里，姚家院子所隐藏的文脉

被依次打开

沿着青石板，一股暖流
从脚底到肺腑，从门环到墙头
一个很小的喘息，似乎就能碰响
琅琅书声

应该还有另外的一些声音
正在唱和，布道
像门前来来去去的风雨
潮湿了的空椅

他隐隐约约，像是低吟，又像是哭泣
看见溮水河朝姚家院子弯曲了一下
才脱岸而去

秦占坡

流水所至
骄阳从秦占坡的夏日倾泻下来
光芒笼罩

侗寨，鼓楼，风雨桥
他依然是那个在桥上，弹牛腿琴的后生
对着路过的姑娘唱歌

琴音悠扬，溢出的歌声泄露缠绵
脚下流水清冽，泛起波澜

朝圣龙溪书院，解说员的叙述
语气顿挫，起伏：
一些文弱书生在湘西边地侗寨
以卓见为笔，将一生
定格在这里

燕来寺，供奉的那尊佛
脚踏祥云，双手合十
敢与无边的罪苦，与陡峭的尘世叫板
让每位来者在归去时，心里多了一座庙宇

慢

这里，所有钟表都会失聪
发条松弛
慢过墙角那只蜗牛
（它从夏天爬到秋天，现在还悬挂在窗格下）

扶罗不理会世俗，急促吐纳
桂花，馥郁
期待

手持圆月大印，前来接收

蝴蝶一直俯身花丛
反复折叠翅膀，述说美好
心的水曲，极致的静
一步步挪动

如果，乘绿皮火车
在达到前，拧松自己
那句深埋多年的话，再练习Ｎ遍
然后一字一句，溢出水

福桥

风和雨，从杉树顶端滑下
树梢承受下坠的颤抖

汉子扬起斧头和柴刀
一边挥汗如雨，一边高唱山歌
倾斜，疲劳
一棵树应声倒下

他，深陷，低伏
跪在佛堂，缩进身体

灵魂探出体外
活结在等一场悲欣苦乐

步上福桥，听河水清流
任流水淹没

草标

你只想开口说话，哪怕弯曲
低至尘埃
柔肠结成蝴蝶，一双翅沉甸
腹语传到草尖
一个意味，散发，离去
针尖般甜蜜

山涧小溪
在一个个漩涡里梳理，月圆和阴晴
凭借水流遮掩
每一处暗礁

靠手续命，像风下的一台哑剧
黑暗涌动，蜂鸣成乐
那些手势的目标，想一击致命
划开心结

答案，一直都在

没有人揭晓谜底

第二季 溪流

在隱忍中，尚能言說的
是時間的繩索——
它慢慢鬆開悲心，對牽
存者的捆綁

在隐忍中，尚能言说的

是时间的绳索——

它慢慢松开悲心，对幸存者的捆绑

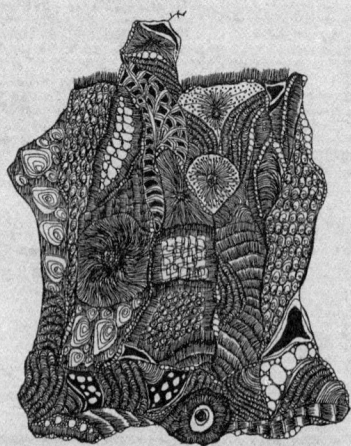

过往（组诗）

陶罐

抱紧一缕火焰，窑炉是你
亲手相让的江山
在蝉鸣里忘记恨，你的爱意成形

泉水可以淹没涟漪
黑暗却不能浇灭心酸
如同你用前世缝合起来的遇见
只能用目光哀悼
裂变的时间，唇印开花

桨橹摇打着流水，恍惚你的身世
藏得太深
经不起一次洪流，从深渊
浮出岸

孤独不再羞耻，云雨
是你唯一的一段笑柄
示人以凹凸，和刺点

山雨

与你的联系，是从一座山峰，一片云
开始的
山野的触角，可以闪现世宇
一个灵魂，一小块孤独

说来就走，忘记了流向和归处
却记住了源头
一层层梯田，一片片稻穗，金黄
火焰灼伤了眼

从废墟里种下预言，暴风过后
人群举起火把，驱散迷雾
等天空清洗干净
庙宇可见，重新荡漾侗乡大歌

我们如此近，紧挨着一个雪峰
一条沅水，和一次凝望
从雨点出发，寻找一粒稻香的理想
我却无法从你的身上，移开
悲伤

弯曲

冠以乳名的小溪，不舍昼夜
一路弯曲

沿着山路的蜿蜒，岑庄可以触摸到炊烟
大枞树，还是一处香火落脚点
也是一段归途

苦楝树上，高音喇叭激昂
那群炼钢土炉，窜出火苗
环形钢水池映射"岑庄铁矿"废弃的传说

石头沉浸在河滩
翠鸟辗转鸣叫，飞离时枝头颤动
唢呐悲恸，随棺材一同抬上山
暮色中，夕阳不再弯曲
笼罩那个桥上的少年

在一枝梅影，一缕兰香，和一张照片里
想起余生

尝新节

一

背篓少女，随几只唢呐拉远拉近
喜悦中，几束稻苞泛起镰光
那几乎被淹没的笑靥
另一面有弯陷的伤

抱紧芦笙，像抱着另一个低音
凭借侗歌蝉声，接近，盘桓，示意
飘入眼目。决绝如刀锉，滴血

我不能开启你心意死结的锁
背靠某个夜晚
在丰收的敞口，饮苦胆酒
像深井抽出麻口的盐

偈颂，一把钥匙
双肩沉溺中翻转，身子挺直
接过新的襁褓

二

用余光弹琴，不愿停留弦上
欲飞的树枝，种下蜂鸣和草语
眉目间，有相似的凹陷
不一样的星光

笼中画眉，用歌声唤起纠结
像爱恨情仇拔河，拉锯
咯血
羽毛撒落一地

低飞过侗寨，一条路的绿
足以追悔
让悲戚豢养欢笑
像你漩涡里的石子

鼓楼，火塘边
寨老分别举起，两个人的手
两只天鹅，穿过篝火烧穿的黑夜
露珠里，我们发现——
另外一颗露珠

三

极目之下，有多少吊脚楼苏醒
就有多少飞禽远去
注目古杉上的鸟巢
恍如内心被悬崖逼上绝境
雪飘的方式

齿缝中，忧伤发芽
那些旌旗在吆喝，带着牛角低吼
让黄昏随命运消失
苍凉中缅怀

鼓楼旁，祠堂香火依旧
祭文依旧
似涟漪，似新曲

亲人（组诗）

祖父

老人一辈子话不多
除了酒，没有其他嗜好
即使喝醉了，照样安静

腰间的酒，在岑庄最宽阔的屋檐下
稀释了

临睡前，他偷偷从枕头下
掏出酒壶，闭上眼睛，闻了又闻
再轻轻抿上一小口

八十五岁那年
老人再也没有醒来

祖母

十月秋收，祖母也敢奢侈一回
动用大米，去酿一缸醇香

倒入井水。灶前柴垛如小山
净手，烧香，燃纸，祖母唱敬请歌——
"日头出来亮光光，大米白白香四方
酒醪酿出好美酒，纳慰祖师来帮忙"

溪流，风雨桥，吊脚楼
微微晃动。几分醉意
让老牛和扶犁的父亲，在水田中抬头
让烟地薅草的祖父，停下锄，直起腰

外婆

青虫在菜叶凿洞，取光
蜜蜂忙碌，绣花针缝合花朵

燕子在屋檐，飞进飞出
长柄钥匙卡在挂锁芯里
外婆宽恕了少年的莽撞

杨梅树下架木梯
一边是梅子，一边是口哨

板栗顽固。刀锋让它咧嘴
火铺中，炉膛异香

那时，外婆和家人都在

梅花里过冬

父亲

一

爹说，每次缝老衣
均有预兆：不断针不断线不出错
老衣的主人，定会延年益寿

现在不用缝衣了
只得在镇上开一间丧品专卖店
一包烟一壶酒就可以，代孝子写祭文
缝纫机也摆在店里，装装门面
所售的老衣，都是批发来的现货

爹说，至此，生死大事
他再也无从得知

二

他目睹这一切，恍惚从未发生
那逝去的又再一次返回

岑庄盘山公路，慢悠悠的

但一直行进着
白云，拖拉机，马车和三三两两的赶场人

山腰，牛羊埋首草间，不紧不慢
偶尔抬头，看砍柴汉将热辣辣的山歌赶下山
田里的娘们，嘻嘻哈哈
薅秧的节奏，快速倒换荤素的话题

几个放羊孩童，在最下层公路的云朵下
用屁股在砂石斜坡反复滑行
当一台拖拉机突突经过时
他眼尖，瞥见车斗里的父亲
大叫一声，冲坡，跨坎，越沟，趟河
往家的方向，疯狂奔跑

拖拉机和父亲赶到供销社时
孩子已赤脚等在那里，傻笑
两里多山地啊，孩童脚板赛过滚滚车轮
父亲和在场人无比惊奇

他在风中，风也在他身体里

三

他坐在风雨桥边

看书，看柳，看流水，听风
想她

允许，以足音示意小巷
红伞和梅香露头
允许，低眉微笑，最后出现——
静静地站在故乡的右边

四

他似乎记得，所有存在
关于每个夜晚火炉升起
照亮内心

"懒人有懒福。这是菩萨保佑的"
当母亲递上煨好的第十罐米酒时
火铺上的满公，醉意蒙眬对父亲说

几个侗家汉子，频频点头：
"蚊子你那丘坡顶旱田，往年连谷子加稻草，
婆娘家都能一肩挑走，今年竟然大丰产"

撑架上的铁锅，被麻枥兜脑
火苗舔着。那些大杂烩的香味
翻滚在昏黄的灯盏下

屋外飘雪。炊烟径直往上
熏染木炕上悬挂的腊肉
拐了几个弯
从头顶上的瓦缝里，飘散

当日，父亲大醉
临睡前，跪到堂屋神龛前
将一大碗酒举过头顶，郑重泼在地上

母亲

一

一直没有忘记，老屋后那口水井
是源头的说法
长大后重新笃信——
那里是最洁净的出处

人到中年，不容再浪费
刚升起的新月
用笔蘸满银光

捧着你赠予的，慢慢端详
从汩汩涌出的甘洌
找回

母亲，时间的水雾一再散去
再肩挑水桶
重新从俗世中领回

二

傍晚，月光拉拽一团黑影
落在母亲肩膀的柴草上
落往路边野草中
老式煤油灯芯一点点燃尽
光低伏，看见一个少女提灯
倚墙而立
等母亲来取
不小心。灯摔落
母亲拾掇，拼接，递给女儿
像是将一段过往抹平
泪水中，光越来越亮
几十年后，当母亲说到这里
笑得飙泪
他没有笑。想哭

那时，天没有断黑

三

百岁寨老，蹲守木楼

每天摆寡门子，扯谈，交换笋壳鞋样
困了就躺木凳，任风吹

缓缓地，火塘边鼎罐沸了
神龛下香火燃尽了
侗歌悠扬

四

已是秋天
一株油茶树，依着㵲水河岸
张望

茶花学完一支山歌
咿咿呀呀
清风，明月，与光阴
酝酿，成形

河畔边，一背篓的阳光
笑声，有毛茸茸的金边
茶山连绵
枝头回到童年

母亲，薅草，松土，施肥
"生一个小孩，新栽一片林"

古训生根

母亲累了，放下锄头
陪孩子坐着蓑衣
用草管，吸取茶花里的蜜

晒干的茶籽，倒入水碾房
碾碎，蒸熟，包裹，箍饼，打尖
撞杆进击
一寸一寸深入，内心

篱笆小院有玫瑰，月季，指甲花
一群小鸡叽叽喳喳
两个小孩坐在地上，和泥
她齐腰秀发，撒谷喂鸟
他坐在石头上，捧读经书

两个茶果，逐渐圆润

五

母亲浑身发抖，挣脱父亲
冲进雨中
蹲在秧田哭泣

雨越下越大
大姐送去斗笠
母亲一把抢过，扔下田埂
转身下田，弯腰扯秧苗

父亲瞄一眼
我头一低，急忙拿上蓑衣就跑
母亲头也不抬
双手抓着秧把，上下狠命地顿
漂洗脚泥。田水很响

父亲让妹妹再去
母亲不理
继续扯秧，扎把。扎把，扯秧
父亲捶胸，顿足咆哮
三岁弟弟吓哭了
跌跌撞撞奔到田边
怯怯地喊：妈

母亲终于起身
抱着弟弟
慢腾腾地往家里走

后面跟着三人——
妹妹，我，大姐

侗乡人（组诗）

湘西傩师

天雷山，如此高拔
新年第一天站在一炷香上
试图长出羽翅

咒语，打通两界
犁铧通红滚烫，嘴轻轻叼起

暂时离开现场
一直赶路，去与神灵交谈

篝火伴随月色，漫天飞舞
是骨头残存的磷火
缝合伤口

石匠

扒开绿色，风一直裸露
土黄色的伤口

锥心的剪影布满血茧
日子，瘦骨嶙峋

星子四处飞溅
扬鞭追赶，每跑出一步
花瓣凋零一次
又盛开一次

沿着开凿的出处
给石头招魂，咒语叮当

李驼子卖酒

一栋木平房，紧挨着村小
一半是赤脚医生的医务室
一半才是供销社，李驼子的地盘

供销社收购：金银花，三步跳，米辣子，牙膏皮
废纸，桐油籽，废铜烂铁，头发和柴禾
同时售卖：水果糖，盐巴，火柴，领袖像，铅笔
还有散装白酒

集体收工后，男人们定会砍柴下山
围着李驼子过秤，拨算盘，拿酒提
从大酒缸舀酒，倒进瓷碗

男人接过就饮。荤段子是上好的下酒菜
笑骂后，扛扦担，摇晃离去

偶尔，李驼子也有小狡黠：
往酒缸掺水，被一汉子窥见
从此，他就多了一个"爹"——
毕恭毕敬

后来，李驼子的背更驼了
最后倒在酒缸边
村里人为他吹吹打打
送上高岗

戴斗笠的女人

这个凤凰生肖的女子，私订终身
沱江渔火，嫁给溇水
河畔，木楼

几十年过去
依然立足雪峰山脚
用粉笔交谈
演算人生

课余，俯身薅草，施肥，捉虫

起身，抬头，擦汗，扶锄，微笑

这个头戴斗笠的女人

篾匠

阳光倾泻。一个老者
埋头，与竹子漫谈

老人以刀的锋利
劈篾、刮篾、穿口
竹篮、筛子、箩筐、竹席……
装茶瓣
装山歌

斗笠戴在头顶
瓦屋还在
炊烟还在

落魄书生

一

远方的离愁
转身，抬头，望天

眼底起雾，从来秘不示人

缓缓移动，他的简历
幽会各色人
如清风明月，梅兰飞燕

当他埋首书简，临摹溆水河岸
浮桥上的月光
和箫笛声

他身上积攒一年的风尘
交给故乡

二

风雪在刮。你的身份，被一支步枪指着
茫然与焦虑，架在风头上
被勒令下放

离开公社
那背枪的侗家汉，边走边扯谈
塞给苞谷粑，披蓑衣，喝竹筒酒
呛了几口，身子开始发暖

酒壶挂在枪杆上

和山歌一起晃晃悠悠

赶到侗寨茫溪，那汉子已坐等多时
笑嘻嘻，去鼓楼取枪
回公社复命

乡亲们说，离开那年
吊脚楼后那口井还在——
冒出酒香

三

月光下，他不吹奏那首广陵散
东风无力
坐在葡萄树下，饮老酒，谱新曲

守着李商隐的诗
在他的蜡烛旁，那些翠绿
都为了
彩凤双飞

兄弟

一

久未晤面。电话一连通，叙谈即刻导入
盛夏的深处：炽热，绵长，亲切，酣畅
往日时光

那时烟厂单身宿舍，还有建华洪福海哥们
只是淡忘了细节
再次提及，肉身融入河山
成为自然的一部分

空调师傅敲门进入
他一边掏出工具，一边微笑看着
空调轰鸣

化雨，这个安顺学院的教授
中途插了一句话：安顺的气温
比亚平兄的贵阳还要低

不过，他最后说，最近安顺的气温

也开始骤变

二

如果，果实返回花朵
平溪河，与潕水河水倒流
回到四十七年前上游

如果，隔断一溪碧水
阻止筷子，搅和一口锅
那瓶酸菜，设置一个寒冬
所有飘雪的日子

如果，兄弟一起
躺在厚厚的草地上
那条牛仔裤
轮流穿在身上，等到黄昏
直到夜色，吞没身影

三

一只翠鸟在枝头唱歌
石头离开流水，不动弹
守在河岸

每个石头有来路，有鱼纹
水蜘蛛做的船，划过流云

打水漂
石头回家
对岸，无法言说

四

从你左翼
撤出，靠着风雨桥的栏杆
一树梅，露水
是半生积蓄
画一张肖像

把民谣，铺作一令宣纸
捣碎苜蓿汁，萃取梅香，舀碎月色
提唐诗宋词之韵，磨出上等水墨
取桥边柳枝，开始画人间

先画背景
画每一滴水穿过桥洞
画弯月，让光压弯眉梢
最后在布景中心
着手画——时光

朝露到正午

风雨，眼睛

点出神韵

露天电影

没有人能笑着从现实返回
那就剪辑吧，让一切争斗止于静默

回忆是一条蛇，啃食着黑夜
和那个贫血的少年
十几里山路，像一根引线，将一场爱意
徐徐点燃

蝴蝶，泉水，五朵金花
用眼睛放开水闸，美得那么空寂
麻栗一般，沉淀
刘三姐一直待在梦的一角，把歌声
唱得弯曲，潺潺

无法拒绝纯粹的事物，豢养心鹿
与孤独为伴
把一次寻欢当成绝唱，在裸露的夜空下
哭喊，嬉笑
空落得，像散场后
忘记领走的那个自己

傩面（组诗）

禁言

老街铺子里，老铁匠小锤叮当
示意童养媳的四子
将大锤落在铁砧处
随后，一把镰刀
以锋利出声

街对面，主持的眼睛藏着火把
燃尽所有杂音
一场法事开始
肃穆中，绕棺而行

悲伤者，唯菩萨是听——
"身口意三业，口业最多"
辗转的人，像石头沉入水
仅有涟漪泛起
余恨，且一脸欢喜

逝去，也是周全

抗争，也是沉默

面具

被啪啪打响
而他无法从滚烫的视线中逃离
那些雨点，翻转，倾斜
一场大幕拉开

一个人，一只狐狸的内心
共一个鼻孔，一条命
抑郁，猜忌，欺骗。一次把脉
确定欲望在梦醒时破碎

他跟随你，沿着来路"收脚印"
假装喜怒哀乐
假装在正角与反角间，游离，转换
他是你的傀儡

锣鼓齐鸣，褪下最后的伪装
那原始的卑微，彼此颠倒
与众生散去

傩戏

以脸面示人，人鬼难分
像一场法事，刀剑与长袖抵抗心魔

戏曲有四路
一路在追逐中溺水
第二路以身形挪移之术，驱邪
回头是第三路
而"咚咚推"是四路，鼓点紧密
倒逼一生

从火光里，我认出了
一个极度扭曲的躯壳
是怎样任凭一双手深入骨髓
拿捏昼夜

那哭泣的尖利声，尾随你
走入开裂的石墙后，另一个
隐秘的高塔

唢呐

当一条山径停止抽搐
竹林替代风声，手中的刃依然锋利

你的嘴，无外乎白色的花红色的绸
说着说着，泪如雨下

抚摸过的事物，有些节制，有些释然
而你只剩下荒漠

你可以让沧桑变得悠扬
也可以让笛孔，变成襟怀

村寨（组诗）

粮仓

几只麻雀反复起落
不曾发现更多的吃食
只有落在电线上，梳理羽毛

一年的苞谷棒
被哨子召唤，和母亲挑着箩筐去认领
靠抓阄决定来日

后来，粮仓改成了教室
在课间时分
飘出淡淡的谷香
还有那个叫杨菊英的女生

晃州之恋

他渴望河水，可以泛起浪花
翻越高山流水
世界可以澄明与湛蓝

天涯海角，似乎没有一块风水宝地宜居
接纳他与她

手指涂满绿意，所有的蝴蝶都将扬起风暴
明月在上

这里是晃州，一个侗族栖息地
妣蝴蝶迷恋春天
如春天迷恋花朵

石榴已过花期，果实是小灯盏
藏下人间柔软和甘甜
夜空中，半月契合，完整，圆满
缠绵的人，像领受了对方
秘制的春药，痴迷，魔怔——

她说，所有的秤盘
托不住二十一克灵魂
他信了

木楼人家

一只蝉，伏在新晃长乐坪半坡
那巨大桑葚树上

时间久了，蝉蜕化石，落地生根

一路寻去，桑葚为谁熟，山花为谁开
花香与鸟语是路标
无须担心抬头与低头，风在引路
一步三回头

一座小院，弯腰如诸葛
躬耕是猎手
莴苣，白菜，洋芋，都是草民
以蚂蚁，松鼠，鸟雀为邻
一些朋友纷纷效仿
上山

那一树桑葚，充满阳光
河边垂柳饮水，涟漪晃动落日
秋天的山岗，野菊花开了
芦花落满头顶

菜园归来

站在餐桌边
男人慢慢剥豆
豌豆圆圆的，一颗又一颗
骨碌碌滚进瓷碗

女人倚坐男人旁边
细细打理刚摘回的茼蒿花
用一根红色橡皮
捆绑花枝

两个孩子坐在地板上
玩积木
据说要堆积一个童话城堡

男人找来一只空奶罐
洗净，上水
女人把花放入罐中

那束花盛开
在书房的画像前……

亲戚

蕨菜攥紧拳头
南瓜花不躲闪
豇豆像竖琴，迎风奏响

不屈服驯化
在春风中

如期结出新叶，木耳和桑葚

小葱，韭菜和大蒜

一行行，一句句

是母亲开春时种下的

比书里的字词句，更生动

苦楝树从不招来凤凰

只有喜鹊和麻雀

祖坟旁，香樟越长越高

茂盛和幽静，陪伴着

祖宗

红水湾，实心竹笋

仿佛在抵御流年

奢望远行

邻居

墙角的蚂蚁

抬着一只虫子，几粒米饭

列队行进

一只鸟不请自来

与他隔窗相望

一棵树，身子背负某个人
当年书写的名字

一批年轻学子
来了又离开
来不及道出姓名

百年后
那一群蚂蚁
成为可依赖的邻居

稻草人

他用老父亲的破衣服做成人形
旱烟味还在
童年已逝

他用老母亲的斗笠
戴在头上
连着烈日，月色和风雨

轻轻撑开手掌
那支赶牛刷条
那么长

夜读人

整个世界蒙在鼓里，一直沉睡
这些噩梦美梦，会随时成真

一些事物，无论悲喜
都不影响一盏台灯笼罩
你打开河流，到处都是烟火
灯塔，是唯一情人
野樱桃树下，自弹自唱
草木苏醒，遍地葱茏

与一群羚羊麋鹿一起
越野，吹拂成风
阻止大海浮起月光

那把钥匙
替世间打开伤口

少年

那时，岑庄马路是灰的
两个少年，头也是灰的
沿无名小溪，溯流而上

瘸腿老白也是灰的
—马车的散装酒，接近溪水的原色
—张绷紧的弓

惊喜弥漫山道，舐舐少年的心——
关于这秘密，老白一直笑而不语

那天，少年举家迁往洞庭

月亮

累了就躲在神龛背面
小憩

一个叫嗣博的小孩
不肯睡，在屋里到处走动
他兴奋，"啊啊"地说着
成人无法破译

亦步亦趋
张开手臂，仿佛怀抱一个隐形的
储满清水的水缸

随时准备好
当他手指月亮

我就把水缸端出来，给他瞧

大雪

他摇晃着
看见斜坡上，一位老人拄着一把锄头
叩问天地

山野空旷，风扬起尘土
也盖不住村头风水树上
鸦雀的哀鸣，一声紧过一声

活着的人
眼睁睁看着她，空出的位置
迅速被哀乐和香烛侵占

在隐忍中，尚能言说的
是时间的绳索——

它慢慢松开悲心，对幸存者的捆绑

象鼻塘

一

你啜饮着时间的水，用半生来疗伤
波纹里有闪电
也有流浪

以鼻为桨，逆水是故乡
每一条梦醒的路径，藏在路人通关文牒里
从月光下的豁口中，撑开或收拢
那把油纸伞

溅水哦，溅水
记录了怎样一种过往，又劫持了
怎样一个沉睡
一张张虚妄的嘴

夜空为墨，你写尽了日落的忧伤
也隔空复读，那燕来寺
追魂一样的钟声

磨水成镜，你迷恋的
也正是我唾弃的，凡尘

二

三节竹筒，一条命
顺着春天漂下
听唢呐泣诉，雷鸣与阴云

夜郎古乐城，相守着一段流域
那是你一直不忍舍弃的端详和喜悦
一个一触即痛的点
这最初的原乡

在漩涡里低伏，回忆有些斑斓
像荆棘鸟折返，盘旋
试图追回那远逝的帆

三

一只野鸭啄着浮草和落日
水里的花园，有湍急，也有平静

隔岸相望，波纹是预想在延展
浪迹的样子

触碰到你心底那根弦，弹响岁月

把念想交给雨，船只带走过往
与虚空
你以回旋抵御呐喊

一个人的世界，像石头沉潜
任洪峰淹没，谁也无法摘取的星辰

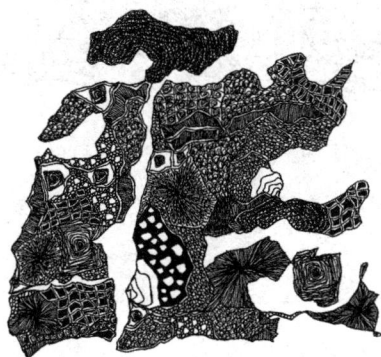

第三季　流域

有時，岸企畜視劃朝向

局部的意義

以及一條河完整的命運

看一條河遠去

及復渡滌往事和流向

有时，岸企图规划朝向

局部的意义

以及一条河完整的命运

看一条河远去

反复洗涤往事和流向

回旋与流逝（组诗）

种植

一枚种子没有月光沐浴
让失落伏在深处静默
将你的坚忍，盘活

季节扑空，我的丰收也被压缩，稀释
而田园属于你
属于圆寂的眼帘，平静的阵雨
欲望慢慢消融

我们坐拥整片山丘，无须继承
仇与包容
任锄头长锈，温润是内敛的
我默认你从未遗弃

赶赴下个晴天，我们不会悠闲忆起
收割的姿势和饱满

野钓

将最早一束晨光
涂抹在皮肤上，你成为我的弃物

有没有干系，亲近只是表象
如同惊涛骇浪背后的静谧
忆起了聚首，与伞

山体越来越茂盛，我嫌弃的石头还在
蜜语可以替代沉沦
我的背影如此寒冷

我们既轻视鬼怪，又嘲讽上帝和魔
在人群中散漫呼吸

这淡泊和明亮

摘李子

我揣着你的暮色
相隔光年，也只是一念

在无声的怨里，你收获了
成熟

以释怀我的望，像执念
被真实松绑

有人读懂了，节气是流逝另一种验证
我们认同，渴望在酝酿
圆润

生涩顺从木梯，离开身体
把每一份视野从海洋取回
本真的天空
我弯下腰，开始回味

松开你，繁星点点

挖掘

十月，蹲在坡地看你
有点眩。是红麻在滑翔，你的心满是喜鹊

镰刀休憩，是脚印与脚印
让每一份沉寂醒来，生津
变成我的溪水，可以打捞的灯火

不想呵护错与对
放纵，或是抽离

你守住我的繁华，厌弃的俗世

我们看见了新生
却看不见流落

烧窑

泥巴在诉说，每一个凹陷都有滑翔
窑水开始清澈，或浑浊

石头一直都是入定的状态
拽紧根，可以独白，可以合唱
而如今，我把焚毁当成漂泊

凿一个口子，就可以置身苍穹
一起敲击一段快意

我们尽可能守护坚硬，有些缄默是短暂的
偶尔袖手旁观

雁阵按既有轨迹
带领我们从世俗返回
意念

隐秘

流水之巅，他眼里的事物都在熟透。

所有的事物，都有渊源，
像极了猕猴桃，被誉为"水果之王"的珍果。

绿色的叶子，弯曲的藤蔓，摇曳的果实，
几乎皆为皮相。
漫山遍野都是，它固有的脉动。
每一个小径，都没有废弃。
他依然看不见，
甚至猜不出一颗心，搏动的本色。

需要一把利刃，
剖开真相——心的坦诚，
像打开世界的谜底。

此刻，他开始卸掉忧伤，
握着心的成色。

松林寺

有人在松林寺的遗址访古
祭拜，拨开灰烬
菩萨余温尚存

松树下，琴音隐约
十里清风，九万松针
鸟窝，摇曳风中

点燃香火
一言不发，佛陀的暗示还在

似有先知。举过头顶
祈求烟火
结出晶莹

二

路，一圈圈，似腰带

越箍越紧
一座庙宇凸立

袅袅梵音
循着香火升腾

三只灵龟
池中披挂一身凡尘
静静立在石头上，对视

夜空里，会有另外的圣殿
现身，笼罩，安放

三

隐衷，吐着绿信子
藤蔓与阔叶，铺排的繁花
转身，饱满

爬行类带刺
乘人不备，让月色闪入
给花烛，补一层薄霜

起心动念
允许双手反背，仰头，张嘴

相互交换

拜会百年老藤
红布条缠绕，风一吹
像经幡

行走

风在吹，虫鸣声
水生涟漪
是谁在月下，呢喃自语

默咏——
李商隐巴山夜雨，刘禹锡陋室芬芳
王维南国红豆，杜甫茅屋
柳宗元独钓寒江雪……

棋子如过江之鲫
占先，成势，运子，做杀
楚河汉界，定风波，固地盘
兴衰，命运

马蹄声，隐含的禅意
心慈，摆脱不了牵制
悬在空中
举棋不定

挥霍肉身和灵魂
汹涌行进

高处的经幡，有风翻动

那是诵文和姓名

换轮回

朝阳水库

一

无边瑶池，水温润如玉
像深山窝藏的一块魔镜

星星与月亮倒挂
桂花的树影和清香

这一弯流水
罕见的神迹
荡去蒙尘，放过肉身

二

恐惧，如蛇身拴着竹竿
盘旋而上，攀附

山顶，水湛蓝
日头触手可及
照出倒影

把这天池当作海
掀起巨浪
似乎就有了爱
有了辽阔
和盐

三

春风
按自己的意思走四方

往东，摁低树梢
往西，按倒夕阳
往北，摇醒树上鸟窝
往南，吹散山里人的哭歌

风穿过林间，她是丝绸状的
越过峰峦，即为鲸背

峰顶，风力电机的叶轮
被高高托举
像那名香客绕佛塔
顺时针
慢慢拧紧自己

悲喜

一

与你在一起——

像树梢的最后两枚叶子
接受风吹拂，余下的结局

像那只蜜蜂
流连花朵和回声

祥云下
记事的绳子越用越短

悬崖绝壁，死亡会放下
光的绳梯

二

以平溪河为界
一边是沟谷，另一边是高山

水无法分割庞大的事物
如同人，无法避开悲喜

书院，宗祠，古村……
空气新鲜饱满
辗转难眠

醉了，回家数日
醒来一无所知

三

自从被天雷山的阳雀叫醒
耳朵已失聪

山居前的枣树
又甜又红的小灯笼，挂在风中
伸手可及

清风一遍遍吹拂
梳理过的心，透明
等月亮出山——
才完整

四

夜郎谷飞瀑，足以铭记
什么是去意已决
什么是江湖传说

一条山间栈道，轻点竹梢
直抵大峡谷
山谷空灵，野花娇艳，溪流清澈

这些水，渐渐松开锋芒
抽出现世
满目苍凉

五

这里流水潺潺
风拂过，树梢轻轻摆动

仙风道骨。两个长者
对练太极推手，各自守着命脉
试探着

古乐城山顶的小亭子里
两个对弈者

试图把溆水河底那对石鼓
击响……

六

一直不知道，岩鹰是神灵的代言人，
自有独特的方式，收纳那颗孤傲的心。

一直不知道，岩鹰会落脚在哪棵高枝。
似乎一直悬浮空中，
只与风雨雷电为伴。

天雷山最高处，有人提醒——
对面断崖，凹陷的是岩鹰的
眼窝，凌厉而庄严。

天空是主人的牧场，
是修行的殿堂。

七

无拘无束。
夕阳，摇醒风水树上的鸟窝，
吹散山里人。

无色透明，无翅翻飞。
绿意，空气清甜，
满坡花香代言春天。

柔若无形。
穿过林间，它是丝滑的。
翻过山梁，风卸下翅膀，
衍生。

峰顶，那名香客，一边念念有词，
反复降低身子，又迅速举起自己。
古庙的钟声，
悠然响起……

八

与雪花一样，氛围烘托出来的
自有不可示人的秘籍
笼罩山峦的白色袈裟
失守隐退

此刻，自然有光开启
辽阔

以最高远的位置，和最适合的角度

阅尽悲欢……

九

花香
像海浪。翻涌，起伏

燕子，藏身粉白漩涡
美，在偷袭，在沦陷

蜜蜂给花伴奏
蝴蝶代言前世今生

眩晕，单瓣如唇
每一天都是盛典，也是节日
让那些山峰成全
遇见，或错过

古镇（组诗）

古村

开窍的姚家人，停步，卸肩
翻出罗盘，矫正风水

如同一张面饼，慢慢摊大
村头的风水树，红布条披身
如同新娘。祠堂，戏台，祖训
风吹日晒
被后人擦亮

逐水而居。离地五米的青石
谁能想见
出自家乡红水湾，与平溪河

村头那口古井明白
井沿的疼痛——被井绳
捆那么紧，勒那么深

古堡

那是故乡的屏障
刻在竹简上，一段历史
合围起来的传奇和唱词

斑驳的沉默，庄重和淳朴
碉楼厚实，围墙高耸
长出青苔和爬山虎
瞭望孔，安放土铳与竹弓箭

春天，雨打芭蕉
蝴蝶翩跹，陈公子的心事
与兰姑娘的手帕有关

有人说，古堡也是熔炉
拱出故乡新泥
成为新娘第一个洞房

古码头

那些方言依旧
盐巴，茶叶，纸烟
布匹，洋火与信函
逆流和顺水

一个书生提着竹鞋，竹匣，与竹伞下船
寻找锚石背面
三短四长的暗号

古码头
痴情流连，在小巷的隐秘里

如果寻觅不到对暗号的人
就脱下长衫，去当一名搬运工
替她搬运——
甜蜜和忧伤

古道

当羊皮地图徐徐展开
古驿道，这条脐带
从民间传说和古老典籍
开始返青

遗址，如一枚旧钉
沿途散布寺庙，菩萨
钟声

群山，松涛，沟壑，溪水

村寨，炊烟
似乎一直在等着
唤醒

杂草，荆条，乱石，残骸
茶叶，陶器
散落的盐巴，抛锚的船舟
是败象，是线索
也是路牌——

车辙，船桨，方言，民间，家书，邮戳
最后交给一匹丝绸
裹紧——

一条大道，起伏通天的唱词
长出翅膀
复返

驿站

"古驿道是一条项链"
这一句，成全了他

群峰鸟鸣，瓦屋炊烟
晨钟暮鼓，荒原落日

陌生而熟悉

镇远，玉屏，芷江，怀化……
项链上的珍珠，如同乳名
温润

春日彩虹捻动这串项链
请菩萨保佑
蜿蜒

废墟

一

跑马场还在
但不用于赌马。这是一个安慰

临风驰骋，青草和故园
被抛在身后

事实上，家书八百里加急
是怎么穿过
这些废墟

二

指尖浸出风，涌出蜜
仅仅一行
隔断万水千山

玫瑰暗藏风暴，抽空镜子的
全部

以及容颜

梦，抖掉最后一粒扣子
缝了再缝
落下针脚，在钟摆的青苔上
打滑
在生死的唱词中
哽咽

三

喉咙呼啸，源自胸腔
电闪雷鸣，一撇一捺疾驰
收不住，民间墨汁走失

谁披星戴月而立
舞动利器，雕刻铭文
土墙，牛栏板，竹筒
火种惊心，随河流腾挪，燃烧

来不及喊
抛下阳春的人也抛下屋檐斗笠
寄居旧爱新愁

像春蚕啃噬，竹筒翻孔

抵达
孵化明天之卵

四

山路弯弯，记忆蜿蜒。

越来越轻。
一行白鹭飞过头顶，穿过水中。
有人尖叫：哇，长出新羽毛了。

五

他始终记得，那些印记

他用力削过的铅笔刺伤了自己
纸上露出笔尖的痕迹

当一支钢笔递到手上
拧开笔盖，在舌头上抿一下
再抿一下
腐木的味道

橡皮试图修改一张白纸
像语言修饰成长的痕迹

墨水，记载家乡所有主题
在每一次临摹后
白发丛生

回到书房，目光落到纸上
干涸的墨水瓶
像一盏油灯，尝试着再次
吐出火焰

风

一

看不见，但一直在
摇晃着流水
龙溪大桥，姚家巷子，晃州风雨桥

那年，扶罗鼓楼垮塌
那年，福桥被风刮倒

燕来寺，晨钟暮鼓
唱诵经文

两岸烟火还在

二

有人试图躲在眼底
读一本经典。有声音加盟
指间森林，又多了一种绿色

现在，阅读开始
角色有限，不够分配
根据剧情，临时换角
分身有术。情节推进，场景转换
转舌音不离不弃，人物命运

凌晨，所有角色散去

三

葡萄架下，他挥舞剪刀
收割，甜蜜

蜜蜂嗡嗡响
颤动，花枝

箩筐与菜篮，盛装芬芳
慢慢，溢出

他挥汗如雨
成为他的驿站

塘湾大坝

他始终放不下的，还有这流水的一隅
风起的地方

拦河坝的出现，多少有点突兀
一些水，今生再也没有机会穿越
象鼻塘，与晃州风雨桥，沦为一种虚拟的存在

跨河的两根高压线，如蛇信子，嘶嘶作响
岸边一幢黄色高楼的影子
一头扎进水底
与白云厮守终身

那些偷渡出闸的水，是幸福的
汩过浮桥遗址，渡过岸上市井烟火
燕来寺钟声悠扬，溅起浪花
与风帆

拦河坝，拦截的水——无色透明的棺椁
轻轻收殓那段过往的灰烬

浮桥

水流不止，他口中呢喃有词
巫言晦语，刺破一弯平静

英道古口，坎坎伐木
弹墨线，取曲直，造橹桨
最恰当的河岸，肯定在预设中
跳上一条黄狗。一个长须艄公
喷出的旱烟，面善而浓烈
欸乃声，木已成舟

随波逐流，或总在岸的一边
犹豫不定，是船和过客的禁忌
直视前方，给流水拦腰一击

过渡者时上时下。有的折身进了姚家大院
有的去了远方
他像水蜘蛛，在捣衣声中，四处奔忙

村头那古庙，香火依旧
起起伏伏的喧哗，伴随
木鱼"啵啵啵"的声音

让他在浮生里清醒

他一直在两岸间，徘徊

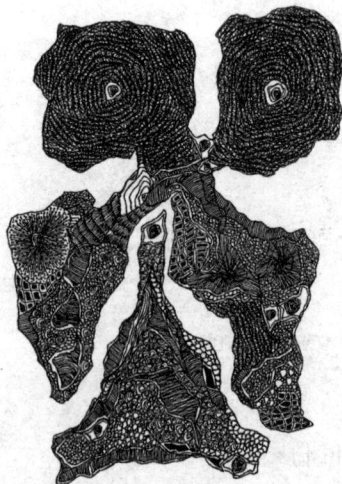

姚家院子

仿佛碎纸片在飞翔

一座镇江阁，一抹朝霞
中间夹着昏睡的窨子屋
容得下林徽因的咳嗽

眺望。天边，飘过一朵朵云
鸽子喜欢逗留在你的眼前

寂静在早晨加深、变浓
忘了自己的来路，和离去的踪迹

此时此地，醒来——
看见家乡：一座荒凉的城
身披薄雪，坐在山脚下
搁浅在一个平常的早晨
一种风情，还有几个亲戚
一种遗忘

新晃烟厂

他的眼神，像是被流水浸泡过
浑浊而朦胧

已经沉溺于新晃县志河底深处
却又被再次打捞出来
一个生锈多年的词语

那水塔，没日没夜从狮子岩电站沟渠抽水
而他却在繁复的卷烟工艺里
一点点消磨着，生活

一份《仙人桥》杂志，一个"文青"的嗜好
家乡关于夜郎的传说
耗费前半生光阴

城市在不停地搬迁中摇晃
而新晃烟厂也在不停地摇晃着他
未泯的斗志
像河流找不到流逝的朝向
慢慢被时间
淹没

碎陶

一

一个人推门而出
月光，树叶般落下
秋风带着一个部落的马蹄声渐远

驿站旁，枫树上的鸟窝
如一面破镜
新伤映着旧伤
一段兽纹，斑斓如繁星

你偷偷吐掉碗中"红鲤鱼汤"
反省，辨识
王爷与土匪身份
在烈火焚烧中，一声声叫醒乳名

山河破碎，迎着厮杀向前
哪里是万丈深渊
哪里即是你安身的终点

二

被一个影子支撑着，利刃
是万千双眼睛
在蒙灰的维度里，灯光
放大了伤痕

抚摸过无数遍，爱意还是
有些生疏，刺手
有些回忆是无法缝合的
像最后的狂欢
热烈，却落寞

所有人都是带着自己的臆想
在打量旧事
如同遇见一段历史，指点
那些生前无法超度的愿望

鲜活的你，光照名利
碎落一地
带着傲娇，悻然赴死

三

游人向前，你退后

退向一条长河的最深处
那里荒草丛生，山洪肆虐

所有从历史走向未来的视角
不得不环绕一片片碎裂，是如何
被重新拾起，粘连
正视，那些厚重而在线的亡灵

是泥土塑造了大地，还是
大地隆起了一个个记忆
你用破碎，证明真实的活现
唤起萎靡中，那些装睡的人
那些生不如死的人

烈火验证过的人形
总有一双手忍不住扶起，指向
内心那死去活来的
现世

流向

看一条河远去
恍惚：泥沙，白鹭，石头和水草
也是河流的一部分
需要——认养

上游，顺流，成为时间的一种修辞

有时，岸企图规划朝向
局部的意义，以及一条河
完整的命运

看一条河远去
反复洗涤往事和流向

認識你以前，很多美

邊緣是模糊的，我們以水命

名水

醺按下葫蘆浮起瓢的遊戲

每天看兩岸，脫下悲歡

留下砂礫和歎息

认识你以前，很多美

边缘是模糊的，我们以水命名水

玩按下葫芦浮起瓢的游戏

每天看两岸，脱下悲欢

留下砂砾和叹息

绳锯

一

一节流水穿过
任蜿蜒涂改，有没有挂念
声音知道

一个人反复模拟对抗与妥协

有人说是自虐，也有芳香
还有粉末

二

如果深入可以无限接近
那么，黑夜就是
一根烟

把手伸过来，世界可圆可扁
固守的荒原
在一节一节断裂

而我，深陷每一声喘息

三

用一段又一段柔弱，浸润成
一次相遇
反复念叨吱嘎，吱嘎
白昼变得完美

拉锯也是一种溺爱

你把握的在不停消磨
而我倾注的，却失去月影

抵达

流水从何而来
他迷惘着

山的入口权当是山岳封面
白粉笔描画的起跑线拦不住他
往山顶
那视野穷尽的地方

每一个拐弯处
都是脚步踏响，或是静止
恍如一架金色钢琴
需要一双纤手弹拨——
诠释琴声低沉，或是悠扬

天越来越蓝
树林散发着天空的气息，和鸟鸣

迎风而立，双手合十
替她赎罪
和陪伴

芷江站

一

这里打磨箭镞
与缓慢作对

影子发痛。山峦生姿
河流逆袭。独木成林

前一秒的吻
下一秒印在千里之外的
唇

他提着自己
从人间一闪而过

二

凌晨四点半，公鸡报晓
此时所有的声音赛过百灵鸟
反复聆听世界，以及

一株玉米的最新长势

列车吭哧吭哧，走在古老的刻度上
像枕边人，细微如兰的鼾声
与梦中的风景
合二为一

此刻，镜子里
反复祷念：早安，早安，早安
——然后，像桂花树枝上那对鸟
又开始叽叽喳喳的
一天

三

泪水奔出眼窝
盐粒逃出苦海
字词跳离词典

背叛碧蓝
溅水，动荡不安

四

在怀中，所有的列传

反复，推敲

句子里，风花与雪月
掩面，流泪

中途加入描述
源头，认下身世

路途，修书一封
托付水草与芦苇

五

雪花落了，人没有来
那轮月
很瘦

不用埋怨雪
像盐粒，六角花

相信缄默
一段流水，被另一段流水命名

雪花烂漫，总有融化时

六

飞流而下，他在释放中
完成一次洗礼

天空之大，像是暗示他是多余的
舍弃原地，过往，以及肉身
抵达蓝天和白云

历经云烟，凝目上苍
那柔软，像一把竖琴不碰自响
接受光的沐浴

空荡，遥远。想起当年海滩小蟹
一个男人的粗粝和傲慢
一片海，开始坍塌
成为他们

车过隆家堡

一

他无法与一条河流抗争
就像他始终绕不开吉怀高速

隆家堡，注定成为唇齿间熟稔的
名词

往返于家与娘家
"鹤城"与"凤凰"，如同仙风和道骨
一枚邮票

"亲，过隆家堡了吗？"
"刚过！"
摇起靠椅，她用车前镜
细细梳理中年的鬓角

隆家堡，触手可及——
圆形或椭圆
群峰下日夜涌动的锦江

他每次开车经过此地
都忍不住松一脚油门
像水流，偶尔在湍急处
回旋

二

河水拐了个弯
中秋到了

一个长寿之乡，麻阳隆家堡
满坡满岭的猕猴桃
以青涩示颜，悬在枝头
等待收割

他在思考，藤蔓是如何延展成丘
蜜蜂是如何在花朵上圆满自己

古木参天，山峦无声起伏
树下条石垒成的土地庙
唯有香火留下痕迹，供游人观赏

不远处，河流在诉说
清波，浪花

彼此见证所有的缓慢与流淌
苦与悲，乐与忧

三

山巅，菩萨居住多年
云朵漂浮多年

一场雨，在牛角声中
松开
流入两只竹篮

炊烟飘起
离开他，直抵天庭

西晃山
天鹅起飞的地方

四

月亮照着锦江
山花开在跳岩边

一个微笑，一双小手
让他眼睛发光

整个世界无比寂静
废黜全部语言

一个拥抱
慢慢融化人世

五

他说：看桃花吧
顺手打开山峦的春天

太阳如约升起，照耀山背
她匆忙得将近忘记忠告——
陷于过去
是多么愚痴

把冬天甩在身后
微笑，云一般
把灿烂送回枝头

有绽放
没有谁的悲伤
可以逃过此劫

六

梯田一层一层
来访者卸下尘世
从低处攀缘

碧绿。芽叶透露野性
鲜爽和清香，天空旷远

祥云绕竹林人家
朗歌漫山，歌喉呢喃

春风如蚁
把这里每寸清风
每瓣清香，逐一抚遍

溆浦散记

一

燕子在风里飞
溆浦元宝梯田的山花，如浪
白里透红

蜜蜂轰鸣，小马达为花事伴奏
蝴蝶代言的爱情
倚靠枝头

花瓣如唇
印上去后
每天都是节日

二

那年夏天
一路风尘
车子返回溆浦途中抛锚
夜色，前不着村后不着店

荒野上那轮明月

如约升起

他拿起手机，发出迄今仅有的两条

沾满星光和月色的短信

在梦境和虫鸣中

接到短信的两个人

多年之后

一个成为他的兄弟

一个成为他的女人

三

立在风中的，定能与时间合鸣

看护情爱和诗意

大地的宣纸

翻飞的枫叶，金黄的舞蹈

没有人愿意松开故乡

雪峰山

古镇

这里的峰峦长龟纹
这里的石头没了脾气

这里的山歌
一张嘴就是流水
拨弄琴弦
水走远，水车还在原地
慢悠悠

木楼案头，在竹林里
同座弹琴论道
顺便说出破绽

福寿阁

当一路时光陷入绿意
那份细软充满氧分
呈现，难以描述

幸福和命运，幻化为蜂巢状
一个方向，对应
每扇窗，倒挂的福字

如一只幸福的仓鼠
竟然不知所措

雁鹅界

一天终于结束
整个山峦换上夜袍
被一只巨大的黑管接纳

秋虫，稻香
在院坝的大碗野山茶中
一群评论家放弃毕生所学
改弦易辙，临时涉足乡村美学

形式主义没有被睡弃
睡意没有跟上，是残忍的
不能阻止飞蛾
一次次扑向灯光

第二天醒来，已是凌晨五点

此刻世界悄无声息
打开适宜的章节

一只雄鸡作为信奉者
慢慢啄破黑壳
借山泉洗白黑色——
整个雁鹅界干净新鲜
又重新归顺
返回

雪峰雪

他等这一天很久了
等雪花落满山坡，村庄与河面

雪花一直都在天空堆积
然后横扫，覆盖
人间被融为一体

雪峰山，披上了一件宽大的白色袈裟
风雪中的福寿阁
完美呈现"福"与"寿"
每个方位被慈悲护持

雪里，到处都在沦陷

唯有瓦屋烟囱四周，山脚的河流
以及寺庙里，传出的梵音

雪峰界

翠竹早已认祖归宗
万亩竹海，不过是一种书面表述
其实远远不止
风到过的地方，竹影也能抵达

门不设锁，敞着
临水，靠山，长啸，弹琴
吟诗，作画，煮茶，听雨
也可看日出日落
参悟古树下桃源，草木禅意

雪峰界上，那片红豆杉
慢慢挂果
幸运的小圆满，吉祥的小灯笼
装入信封，无须对答密语
就可以抵达最深

雨中

整个山除了雨，一切都看不清

方向。天地同体，担心是多余的

山脚的河流，开阔，饱满
雨继续下着……

雪峰山峦，像那些枝头鸟，山中牛
甩甩头，就可以把身体
还给天空

山巅

枫香瑶寨，朗诵者声线沙哑
稳稳站立风中
朗读《赫伯特诗集》，任选一节

掌声和音乐开始
追溯一座山的历史
朗诵者，让听众开始怀念
当年离家的人

不用扫视
聆听者，肯定有山风，星月，秋虫
有楠竹，树木，茅草
和占山为王，静默的亡者

夜色昏暗，身边篝火点燃
照亮朗诵者，和手上的句子
读着读着
字里行间，似乎有东西在慢慢蠕动

高处不久留。当一切消停下来
声音的灰烬
覆盖整个山峦

风过雪峰

风呜咽发声，高处的树林和芭茅
居高临下，袅袅香火
托出辽阔

墓前，一群人手持松枝
跟风泛滥
逃出地界

被压低的草木
头顶上奔走的白云
一阵风过后
顺着来时的路
恢复模样

倒影

走过雪峰山黎明桥，忍不住默读
桥头那副对联
忍不住潜入流水，打捞浑浊
和散乱

荷花摇曳，那是拜清风所赐
一张脸，深藏在叶面下
静候莲蓬剥开

那对黑天鹅
痴情深入水中
向往的模样

灯火

是时候该停下了。月色正好
当他折身而入
农舍，山峦，悄无声息
流水，虫鸣，田野，草尖的露珠
乘机吐出，积压于胸的尘世气泡
梵音湿润而丰盈，漫过额头

如此安详。风吹原野，吹向梦中的
牧笛，和笛孔中残留的
袅袅之余音。清洗
内心伤口隐秘，慢慢结痂

阳光下，一垄稻，一坡竹，一头牛
一炊烟，一池莲。祠堂边，木椅上打盹的大爷
和挨着脚打瞌睡的土狗
这世俗之心，学会修葺，停止漂泊
心栖息的地方，长出根系

如鱼得水。他独自在这里安顿下来
像山峦安顿天际
像河流安顿水族
像诸神安顿生灵

溮水

我们同时进入黑夜，溮水河
两张单人床。这是 2020 年最冷的秋天，
靠一条河流取暖。

窗外路灯微明，在啜饮着河流的血，
也将阴暗逼进对视的眼，无处可去的内心。
波光起伏，映着妈祖庙嶙峋的轮廓，把烟火散落于河面，
暗示一个故园等归来的人，
交付孤独与寂寥。

夜幕里，乌篷船在清点渔人与岸，
隔着一个世界，试图嗅出彼此残留的侗乡气味，
以及安身去处。
那些白纸铺开《阿姆斯特丹的河流》《世界之光》
和《雪》。
正如一条河流与一个夜晚缠绕，一支烟头与一只手消磨，
余下的时光。

当涟漪淹没波浪，无法返回闪烁和幽怨，
停滞于一条流水，一次远离。
像从来都没有觉察，那艘小船什么时候在那里，

什么时候消逝在一场没有闪电的雨中。

溅水河，你给予了流逝，
而他从未给予你返回。

无以慰藉

——雄黄采访录

故乡是根植在血管中的矿脉

海燕：我记得你曾经说过，每个人的精神版图，几乎都逃脱不了故乡原始的烙印。在你诗歌创作中，关于故乡的作品有一定的数量，还出版了一部以故乡命名的诗集《岑庄》。可以说说你的故乡吗？

雄黄：我的胞衣地岑庄，就是我的原乡。那里有我全部的记忆，是爱的源泉。岑庄是扶罗镇所辖的一个侗家山寨，隶属古称"夜郎"的湖南省新晃侗族自治县。侗族人"饭养身歌养心"，"只要会走路都能跳舞，只要会说话就能唱歌"，拥有世界级的三大名片：鼓楼、风雨桥、侗族大歌。既有趣味横生的民俗，譬如"偷月亮菜""倒贴屋山头""煮篮子"等，有"收吓""额头十字""背药包"等巫傩秘技和诸如米卜、卦卜、草卜等测吉凶的民间绝技。侗乡节日特别多，被誉为"百节之乡"："尝新节""芦笙节""三月三"等节日，比比皆是，令人眼花缭乱。一出生，就有一根无形丝线，将我和故乡紧紧连接在一起。故乡决定了我一生的眷恋，哪怕她将来面目全非。我就是一个死心眼的人（笑）。

海燕：从你诗歌落款的创作时间，得知你经常回到故乡，很美慕你。其实，能够生活在夜郎新晃这片富有传奇的神秘土地上，虽历苦难，却也幸福。因为你说过，从娘胎里开始，侗乡山里人就免费获得了非凡的胎教：潺潺的流水声，芦笙的余音，虫鸟蛙叫，牛哞犬吠，还有田间地头、高坡高岭随时飘起的山歌。生于斯长于斯，天生就该是诗人是歌手。请问你，童年和少年时光是怎么度过的？

雄黄：看来教授您来做访谈之前，做了不少功课。实话实说，我对访谈有一种本能的抵触，应该说是抵制一种恐慌。它给我的感觉就是被人拉到舞台"裸体示众"，而又秀不出性感的腹肌，极度尴尬（笑）。相反地，自己倒是喜欢看人物访谈和名家自传。那确实是一条通往人物内心的捷径，可以"识人"，可以快速获得一些自己所期待的"干货"。

实行农村承包责任制之前，整个侗寨特别穷，根本不可能吃到白米饭。每餐红薯、洋芋，汤汤水水的，而且还得十分节约，因为连红薯、洋芋也不多。我们当孩子的都懂事。放学后，提一大菜篮子洋芋，坐在石头上，将脚浸在河水里，刮洋芋皮。手指肤色，一年四季都是洋芋黄。现在看来很苦，但一开始如此，家家都这样，也就习惯了。如果来客，祖母会专门给客人煮一小鼎罐纯粹的"干白饭"，馋得我们流口水。一个十三口人的大家庭，很热闹，很温馨，日子也更艰难。能吃上"干白饭"，是我们当时共同的梦想和追求（笑）。

毕竟是落后偏僻的侗家山寨，农村孩子的童年与城市孩子的相比，差异巨大。那时，山里的物质匮乏程度，现在的人即使绞尽脑汁也想不出。譬如，农忙时节太过辛苦，需要犒劳一下，父亲就吩咐母亲用木升子量出几升小麦，拿到水碾坊去换面条。煮一碗西红柿汤的光头面——那是当菜吃的！好在大山给了我们无尽的快乐。譬如，烧木炭，做高跷，削陀螺，挖葛棒，吊野蜂，撵野兔，挖泥鳅，缭桐果；跟随持土铳的大人打野猪，与撵山狗满山满岭疯跑；那些野板栗、枞菌、八月瓜、杨桃（野生猕猴桃）等山珍是何等诱人；课间时分，用雪花膏铁盖在火箱里炒黄豆，香飘教室；在村头山岗上搭建茅草读报亭，每天传达领袖的最高指示；竖新木楼上梁时，师傅抛下的"宝梁粑"，味道出奇地妙……

长大后，初中寄宿到镇中学。周末回家，穿着轮胎底凉鞋走二十多里路，扛上一周的米和菜回学校。那时学校伙食极差，水煮老南瓜差不多是固定的菜。就餐时临时组合十人，从中推举一人收餐票，再叫上一位同学，一起到膳山领回饭菜各一脸盆。十二饭碗围着饭菜盆，摆在泥巴地上。饭菜由收餐票的同学分匀。有些人不喜欢南瓜味道，"多余的甜蜜"就归我享用了（笑）。

海燕：你的名字"雄黄"很有意思。可以说说吗？另外，一些评论家研究发现，你中断了十多年写作，你应该算得上诗歌回归者。你是怎么看自己的回归？

雄黄：笔名"雄黄"是自己取的，首先是表明我本人姓黄，性别为男性。"雄黄"，即"那个姓黄的男人"，一句大实话而已；其次，"雄黄"是民间常用于驱邪纳吉的吉祥物。我心祈愿亲友团、呼叫"雄黄"名字的人以及我本人，个个吉祥，人人诸事圆满；再者，雄黄是一种矿物质，遇空气前后可柔可硬，与个人双重性格吻合。众所周知，雄黄还是一味中药。门前房后遍撒雄黄粉，妖邪不临，百毒不浸。民间还用雄黄泡酒，可养身可辟邪可趋吉。不过，需要郑重提示的是：雄黄虽好，但有毒性，饮者切忌过量（笑）。

我确实曾一度耽搁写作十多年。那时心生浮躁，一派茫然随大流，被所谓的"成功学"裹挟，惯性地去追逐俗世定义的"标配人生"。被欲望捆绑，内心疲惫不堪，无以慰藉。后来终于醒悟到，最好的生活离不开阅读，离不开诗歌，离不开信仰。诗意指引手中笔重新起立，开始精神修炼和崭新的诗生活。人到中年，细细回望，才发觉写作和阅读哪里是什么生活方式，它们其实就是生活本身。

海燕：你对家乡一往情深，经常回到故乡。故乡在你生命中，充当什么角色？

雄黄：当我踏上故土的那一刹那，心异常柔软，宁静而平和。在走动中，看看流水，看看故乡熟悉的亲人，看看种在泥土里的先祖，看看季节在田野和山峦间更替，看看为生计忙碌的乡亲。当心有触动时，持久的神思、感觉、感受，隐秘的念头会涌上心，随之而来的回忆、感慨、联想、比较、奇思、欲望、幻觉，等等，构成系列文字流露出来。可以说，故乡是我诗歌的"资源库"。

当失意彷徨时，我的自我疗法是——回乡。与故乡重逢，安详惬意，呼吸欢畅，心跳舒缓。风物人情，如理如法，熨帖无比。潮湿的心、灰暗的伤，无药自愈。我管叫这充电。故乡是我的"充电桩"。

海燕：我个人理解，人这一生对故乡的情感其实是很矛盾的。最初只是想逃离，后来发现无论怎样逃离，无论喜欢与否，自己身上都有着这片土地所给予的无法抹去的印记，于是就试着去认识并理性对待它给予的这一部分。再到后来就是无原则的一往情深的爱。所以在我看来，对于故乡，也许并不都是以诗意浪漫的爱为起点的。对它的爱，也许更像是我们的一次自我寻找与发现，更像是我们与这个世界最终握手言欢的结果。你对故乡的爱是从来如此吗？就从来没有经历过我所说的这种反叛？我只是好奇，你可以不回答。

雄黄：其实，儿时生活在故乡，贫穷的是物质，乐呵的是精神。好玩的东西还蛮多，是好玩稀释了苦难。何况生活在那里，你根本没得选。因为你是小孩而非大人，你说了不算数。孩子总是被动的，离不开也走不掉。

进入学堂，当慢慢觉察到远方还有一个有别于自己故乡的天地后，没有哪个小伙伴甘愿困在故土吃苦受穷，都想过上"天天吃干白饭"的幸福生活。你别笑，这是真的。我也想逃离。当时，农村孩子要"跳农门"，唯有闯关高考"独木桥"。那时还有高考预考制度，预考合格才有资格参加高考。高考那年，连接老家岑庄与县城的公路被山洪冲断，没有班车回县城。我与邻乡一徐姓同学相约，在他父亲带路下，翻山越岭走了整整一天，按时赶到县城参加高考。脚也整整痛了一周。后来，当我俩聊到此事时，都有点佩服自己。其实这不奇怪，因为我们骨子里有"跳农门"的"核动力"啊。好在终于闯出来了，受那点小苦还是蛮划算的（笑）。

对故乡的情感，有句话说得好。"对于生你养你、埋葬着你祖先灵骨的那块土地，你可以爱它，也可以恨它，但你无法摆脱它"。我不存在恨，应该是先爱、后怨、再爱，是爱怨交集。现在呢，全是满怀的眷恋和内心的柔软。

海燕：我的情感与你不同，也许是因为有距离，爱带有许多理性的审视与批判，并以此反观自己身上的种种局限性。从这个意义上来说，故乡更像是我的一面镜子。我清晰地看到镜中影像。至于美与不美，我都接纳并爱它。你的诗让我想起了作家迟子建曾经说过的话："我觉得只要把这个村庄领悟透，咀嚼透，我就拥有了整个世界"。你如何看待作者与故乡、作者与素材、作者与世界的关系？

雄黄：每个人都有出处。从这个意义上说，每个人都有自己的根和故乡。故乡不仅养育诗人，更重要的是给予了诗人以文学艺术等诸多方面的滋养——尽管在最初诗人本人是不觉知的。它给予诗人的诗歌营养，将滋养诗人漫长一生的写作。当人们口口声声提到"乡愁""记住乡愁"时，足以说明，故乡从我们脚下、我们口中、我们记忆里，已移植到精神领地的高处。

无法否认，对于作者，故乡的意义非同寻常。当笔端触及故乡，就像我的祖辈父辈，面对脚下土地，满怀希望，抡起锄头，开始日复一日永不疲厌的耕耘。这就不难想象，为什么有众多的作家诗人如此青睐故土。

至于写作题材，应该是丰富而宽泛的。身边日常生活，提供了大量素材，这容易被很多人忽视。我们只要仔细观察，深入思考，生活足以成为源源不断的创作源泉。遗憾的是，当一些写作者了解这个道理后，却不知道如何驾驭材料，很容易沦为"照相馆的师傅"，只负责拍摄成像，距离真正意义上的"作品"相去甚远。所以写作者需要有一双慧眼，有一颗善于思考的大脑，反复研究素材，捣烂、提炼、萃取、变形，从中获得写作的养分和创作的机缘。

聪明的写作者，肯定会描写自己熟知的领域和事物，这似乎是一种本能。作者舍弃自己熟知的，去涉足陌生世界，似乎是一件不善巧的事。从这一角度来讲，生活在乡村底层的作家，多少占点便宜（笑）。我们发现，一些作者的视角从来没有离开过自己的故乡。故乡成为源源不断的创作矿脉。他们夜以继日，不停地挖掘。挖掘得越深，越不容易被小视，必将引来世人瞩目。

故乡是我书写的重要对象，随着阅历的增加和书写的深入，反而越来越不敢轻易下笔，总担心自己因为没有宏大到放眼宇宙的视角，慈悲的心没有辽阔到天际，不能呈现出故乡之万一。我不能有愧于自己，更不能有愧于故乡。不过，当有一天，我终于能写出自己稍微满意的故乡诗篇时，那将会是怎样的情形？我的故乡又将在哪里？

生活在世界上的人，不可避免要处理好几个关系：人与人、人与自然、人与世界。这些关系关联度较高。当有一天，作家把自己和故乡的关系理得很顺并处理妥帖了，那么他与人、与自然、与世界的多重关系，自然也就处理到位了。

海燕：马尔克斯在其自传《活着为了讲述》里谈到自己，之所以写故乡是为了"使故乡不再孤独"。莫言则说自己写故乡是为了"超越故乡"。从你创作的故乡诗篇，以及策划夜郎文化旅游，为家乡谋出路求发展上来看，我觉得你的写作和行为，应该属于对家乡的"深情反哺"。

雄黄：马尔克斯和莫言都是大人物，举世闻名。他们的说法都是成立的，而且用自己的伟大作品证明了所说并非虚言。我只是名不见经传的小作者，岂敢与之相提并论。不过，能够为家乡尽绵薄之力，是我的荣幸。谢谢你懂我。

仅仅依赖灵感，这样的写作是不可靠的

海燕：诗是一种特殊的艺术形式。基于它的特殊性，自然会散发出无穷的魅力。经常有人说诗歌是灵感的结晶。灵感可靠吗？怎样的诗歌才是好诗？

雄黄：帕斯说，诗的第一行往往是一个礼物，它也许来自上帝，也许来自灵感。不能否认灵感，也不能夸大灵感的作用。但是一个仅仅只依赖灵感的诗人，肯定不是什么优秀诗人。无论如何，夸大灵感，或者灵感之说，听起来总让人怀疑，是对优秀诗人能力的一种羞辱与误判。

诗歌，应该只为自由而写——内心的自由、灵魂的自由。自由是长翅膀的光源，照亮飞翔。任何囚笼是封锁不了的。好诗的标准肯

定有。每个人都有自己的评判标准。问题在于，你把好诗的标准究竟确定为多高，才是自己的标准。从自定的标准，至少可以看出个人的鉴赏水平和品位。通常来说，鉴赏水平和写作水平有关联，有时也产生断裂。有人可能写得一般，但是鉴赏水准却很高。假以时日，如果不懈努力，写作水平可能会接近或达到鉴赏水准。

有一个很不看好的现象：很多人有自恋情结，对自己和自己的作品质量总是严重高估。不过，哪怕某个作家把自己的歪瓜裂枣奉若至宝，我也能理解。那纯属个人行为，爱咋咋的，那毕竟是人家自己的孩子。别人不屑于点赞，那就找机会抓紧时间自己夸夸吧（笑）。

海燕：我记起来了，你有身体洁癖和精神洁癖，而且波及文字等方面。介意说说你的洁癖吗？它会给你带来什么样的不便和困惑？

雄黄：我不否认自己有几分"洁癖"，但似乎还没有达到你说的"癖"的程度。这不怪你，因为这方面的词语，好像只有"洁癖"一个（笑）。

洁癖应该是家庭熏陶所致，尤其是尕婆（外婆）、尕公（外公）、祖母及母亲。尕婆从山上劳动归来，哪怕肩挑一担柴草，汗流浃背，累死累活，放下担子的第一件事，绝不是歇气喝水，而是抡起长竹条扫帚，打扫院坝。尕公是一名校长，衣服总是一丝不苟。去他书房看书，他事先必检查我们的手。看到脏手，他会拦在书房门口，笑眯眯地说，赶紧去洗洗。母亲继承了尕婆的好习惯，总是用抹布把漆了桐油的火铺，擦得可照出人影，弄得来客经常不敢去火铺上坐，担心弄脏了。祖母是镇上第一大户人家的千金，规矩大得很，不整洁必然遭到她的责罚。

干净整洁，总归是很好的，但过分到"洁癖"就累人（笑）。不过，生活总归是自己的，我们应尊重每个人的私人习惯与活法。而作为诗人需要警惕的是，千万别因自己的"另类"而影响整个文坛的诗人群像。

我认为作家应该有文字洁癖，有尊重文字之心，而无玩弄之意。任何企图通过玩文字满足个人目的和私欲的，通常不会走得远，成不了大气候。这是格局和境界所决定了的。讲究干净，几多舒服，怎么会带来不便和困惑呢？

海燕：在你眼中，什么样的诗人才是你理想中的诗人？

雄黄：我想，首先得是一个正常人吧。老顽童黄永玉痛骂那些年轻艺术家，弄那些花里胡哨的干吗？和艺术没有半毛钱关系。内行唯作品是瞻，作品好才是王道，而不是看你的奇装异服、长发辫和骇人的行为艺术。真正的大家，内心鄙视这样的"网红"。何况，一不小心容易弄成油腻大叔或油腻大爷，那就糟了（笑）。

对自己和自己的文字，诗人不应该过分看重。不要太当回事，当然也不要太不当回事。能够清醒地、客观地、平静地看待，如此甚好。诗人应该懂人性、尊自然、悯生灵、爱生命、敬神灵，其境界必须达到宇宙的境界。如果诗人平时还有几分风趣，那就太好不过了。有趣的灵魂万里挑一啊。

海燕："对自己和自己的文字，诗人不应该过分看重。不要太当回事，当然也不要太不当回事。""雄黄语录"好啊（笑）。人啊，要么低估自己，要么高估自己，很少有对自己清醒认知的。

雄黄：是的。要不然怎么会有"自己是自己最大的敌人"一说呢。它是名言警句。人低估自己，会产生自卑；高估自己，则自我膨胀，不知自己姓甚名谁。诗人作家中，好像后一种类型居多。

海燕：继诗集《岑庄》获中国侗族文学"风雨桥奖"之后，你的这一部诗集《灞水谣》荣幸入选中国作家协会 2018 年度少数民族文学重点作品扶持篇目，并即将出版发行。恭喜你！很期待你的新诗集《灞水谣》问世。

雄黄：谢谢。2014 年出版《岑庄》，弹指间，七年又过去了。时间太恐怖了（笑）。所以不要去回忆，一忆起惊恐，岁月催人老。要活得忘记自己的年龄。我从来不过生日。申报重点作品扶持，当初是受朋友的鼓动。后来获批通过，签了合同，应该算一桩好事。不好意思的是，平时对自己的文字丢三落四，不爱惜，不规整。合同规定，要按时出书结项。于是，我对适合收入《灞水谣》诗集的所有诗歌，进行了全新改写和多次梳理，能够出版，也算了结一桩事。

海燕：你如何看命题作文。据悉，你每年总是参加几次大型诗歌赛事，而且命中率高，经常获奖。作为有一定影响的诗人，你是怎么想到要参加诗歌大赛的？

雄黄：命题作文自古有之。古时候的文人雅士聚会嗨皮，吟诗作对，不会玩肯定被人瞧不起。李白的《赠汪伦》当属命题作文，提前交卷还得满分，酒也喝得爽歪歪，欠汪伦的人情也一笔清（笑）。需要纠正你的是，鉴于我本人晓得自己有几斤几两，在诗歌上根本没多大抱负，一个诗歌爱好者而已，不存在也不奢望什么影响力。百度上你应该很难搜到关于我的个人资料——个中原因，你懂的。我并不是经常参加征文大赛，偶尔为之而已。参赛是基于如下考量：首先想倒逼自己。因为某赛事一旦列入个人写作计划，自己得克服惰性，铁定去完成，哪怕加班加点，也要在截稿时间的前半个小时完稿投递。对他人讲诚信，对自己也得讲诚信啊（笑）。其次，参加征文大赛可强化练笔，保持写作状态，检验诗歌水平。一个较为全面的作家诗人，应该能把握各种题材，都能够下笔，而不是有局限。征文这样的命题作文非常不好弄。得认真研究征文启事，收罗资料，潜心钻研，遴选角度，出奇制胜。参赛者众，成千上万，高手如云，甚至获得鲁迅文学奖的诗人也常活跃其中，无形之中提高了获奖的难度系数。要脱颖而出，十分不易，不仅要实力，还要看运气。很多作者习惯在自己一亩三分地上纵横，感觉特好。其实很简单，是骡子是马拉出去遛遛，不就见分晓了吗？不过，今后会逐步戒掉参赛作文，毕竟参赛稿件与真正意义上的"文学作品"相去甚远。

海燕：好像因为诗歌赛事，你的直言引起某大刊编辑的误会，她顿时火冒三丈？

雄黄：不好意思，我是一个直爽人。当时看到某诗歌大赛作品集时，觉得有几篇获奖作品很一般，实话实说。其实说的不是她。她那次获奖作品还真不错。她应该有充足的自信才对，完全没有必要对号入座自寻烦恼。由此观之，参赛有风险，后果很严重（笑）。

阅读就是生活，其重要性远甚过写作

海燕：我发现你看书很杂。你怎么看待写作与阅读，阅读与生活之间的关系？

雄黄：小时候阅读先天不足。因为除了课本，几乎没有其他课外读物。我记得家里有一本书，非常破烂，从中间拦腰断裂。没有书名，也没有结尾。那应该是书剩下的中间部分。尽管读起来困难重重，但不影响我痴迷地翻找对应页码。太阳快下山时，余晖笼罩着整个山村、岑庄铁矿遗址和坐在供销社石桥上的读书少年。这个画面深刻，已嵌入记忆沟回。

据营养专家说，人每天至少吃二十种食物为最佳。书看杂点，和饮食的道理应该差不多吧。你不能为写诗就只看诗歌，写小说只看小说吧，得保证营养全面。何况小时候阅读欠账太多，得加倍补上。事实上，所有的写作都从阅读开始。阅读远比写作重要。阅读是一件成本最低的乐事。当我每天安静阅读，通过诗歌赎回自身，乐享人生，特别是坐在飘窗阳台上，阳光从身后投到书本上，照亮那些文字时，那种曼妙、那种惬意，难以言说。

毋庸置疑，作家必须用生活来无限地充实自己，认真去观察生活，体验生活，捕捉生活赐予的悲欢与福报。另外，还有一种阅读——那就是去研读社会这本浩瀚大书，读个中"人"这本词典，扩大见识。我记得从村小考入镇上小学读六年级时，因为不知"电影海报"为何物，遭到镇上同学笑话。由此可见，花钱让孩子去见见世面、开阔眼界，还是蛮划算的，至少不会像我那样被人嘲笑（笑）。

海燕：你阅读胃口比较习。你最先接触的大师级作家是谁？你喜欢哪些作家？

雄黄：最先主动接触的大作家是帕斯。他获 1990 年诺贝尔文学奖。高一时用买菜票的钱买了他的诗集《太阳石》，当时根本看不懂（笑）。班主任还责备我少不更事不务正业。毕竟高考是第一要务，与"跳农门"相关。所以我比较乖，没有再去啃读。不过害得我一周没有菜下饭，吃的是光饭，这苦似乎白受了（笑）。至于大量阅读，应该是考入大学之后的事。

我没有特别喜欢的作家。诸如普鲁斯特、卡夫卡、特朗斯特罗姆、福克纳、艾略特、莎士比亚、茨维塔耶娃、博尔赫斯等世界级一流大师的作品，是我乐意接触的。国内一些作家，比如余华、莫言，我也比较喜欢。

海燕：当下，诗歌派别林立，诗歌活动比比皆是，诗坛非常热闹。我不客气地说，是整个一浮躁。而且口语写作，无形之中加剧了这一浮躁，扩大了喧嚣度。

雄黄：不得不承认，当下整个社会都处于焦虑和浮躁之中。你不能只说诗坛浮躁，也不能怪罪于口语写作，这不公平（笑）。这些浮躁，有很多种方式呈现，比如你说的活动多、山头多、玩圈子等等。浮躁是做任何事情的大忌，常常使人失去起码的理性和最基本的判断与坚守。这对于写作有害无益。心浮气躁者写出的作品，矫情虚饰，不接地气，无病呻吟。阅读是治愈浮躁的良药。写作者应诚恳阅读，潜心生活，思考学习，把这个时代的特质写出来。

玩诗歌派别，那是别人的事，我不参与。诗歌就是诗歌，任何命名和张贴标签，都是自以为是的行为。至于诗歌活动，我会选择偶尔参加。去活动现场无非就是见见老友，获取一些资讯，仅此而已。

诗歌口语化，实质是诗歌的一种表达方式，属于表达工具或路径而已。但通常遭遇天大的误解——某些人因此认为诗歌创作难度系数降低乃至无。确实，任何人都可以写诗。无论政要富豪、白领蓝领，还是打工者、牧羊人，乃至食不果腹的乞丐，都可以写。关键在于：门易进而事难工，不是分行的文字都能称为诗歌，不是所有的诗歌都是好作品。写出好作品很难很难。

海燕：这里会衍生一个新问题，那就是写作的同质化。

雄黄：恭喜你的远见卓识。是的，现在很多诗歌、很多艺术作品，都出现技巧雷同，题材相似，毫无个人风格，没有辨识度，相互模仿的甚多，同质化异常严重。这一问题，已经引起有识之士高度警惕。与时俱进、日日创新，诗歌概莫能外。着力在"诗歌陌生化"等方面下功夫，应该会有一些成效。套用一句话说，一个诗人是否有实力，不应依照他已经取得的成就来评估，而应根据他在写作创新路上走得多远来评定。

海燕：少女机器人"小冰"，能够在十秒内创作出诗歌。研发团队从她书写的上万首诗歌中，挑选出一百余首，结集出版诗集《阳光失去了玻璃窗》。人工智能会取代人类的艺术创造吗？现代人"抬头忙赚钱，低头弄手机"。你怎么看手机阅读和微信的肆虐横行？如何看待世人认知上的差异？

雄黄：人工智能时代，改变我们很多。我认为：机器，哪怕极具高智商和高情商，暂时还不能替代人类。个人色彩的创造性活动，机器人"小冰"同学们暂时是难以企及的。刚才你用到一个词语"书写"，非常精准。可见，"小冰"诗歌并非真正意义上的创作。从上万首诗歌中遴选出百余首，才能成为她的集子，你算算这比例，才百分之一。我拜读过她的一些代表作，确实有诗歌意味，但绝对称不上精品力作。

手机就是工具而已，居于从属地位。人是万物之灵，占主导地位。人能发明工具、使用工具，但是绝不能被工具左右，被工具奴役，否则那是人的悲哀。"手机控"很可怕，还要命。新闻经常报道过马路玩手机丧命者有之，一边开车一边玩手机最后肇事者有之……

不得不承认，智能手机给阅读带来一些便利。但是碎片化阅读是不完整的阅读。我个人还是倾向于包括电子墨水书本在内的书本阅读。我抵制和反感"手机控"。一般来说，除了家人之外，我对所有朋友的微信，都设置免打扰。我不喜欢加微信，即使拉不下面子加了，也习惯性立马设置免打扰，屏蔽各类微信群。这无关清高和自傲，只是不想被手机奴役，不想被轻易打扰。至于几个知己级别的朋友，我会抽时间上去看看，再统一回复。一个作家朋友调侃我是"临时上朝，集中批阅奏章"。

事实上，认知差异，与信息差异和圈层差异，对人的影响极大。有道是：井蛙不可语海，夏虫不可语冰。不要跟井底的青蛙谈论大海，因为它的认知只有井底那么大，大海对于它来说是认知盲区。不要跟夏虫去谈论冰雪，因为夏虫没有经历过冬季冰雪，冰雪和冬季对于它来说都是认知盲区。认知低的人，认知盲区越多，越容易坚持固有认知，思维越僵化单一，越容易一根筋和爱钻牛角尖。其实，认知是一把无形的尺子，它丈量着你对外界判断的结果。法国哲学家笛卡尔曾说过："愈学习愈发现自己无知。"因为一个人知识越丰富，他接触的未知领域就越广阔，疑问也就越多，需要学习的东西也就越多。一个人知识面越狭窄，接触到未知领域就较小，这种人往往会自负到爆棚。

　　我们会发现一个有趣的现象：越是博学的人，性情越调柔，心态越开放，越能谦虚接受别人建议。越是认知低的人，心态越闭塞越自负，他们脑子里已经过早地形成了自己的逻辑闭环，对于逻辑闭环之外的逻辑，一概屏蔽，拒绝了解，根本不愿再去重新构建更大的认识边界。有些人不是醒不来，而是不愿醒，因为这得改变自己一生的价值观，面临希望幻灭，尤其是活在谎言里面的人，即使被告知真相，他们也宁愿选择不信。在他们看来，否定自己等于是承认自己愚蠢。脱胎换骨的改变，的的确确是一件非常痛苦的事。

　　苏格拉底说："我之所以比别人聪明，是因为我知道自己的无知。"我以前就是一个很固执的人，但随着经历增长，阅读累积，已认识到自己的短板，除了刻意自省和及时反思，提升自己最有效的办法就是读书学习，与优秀者交流。

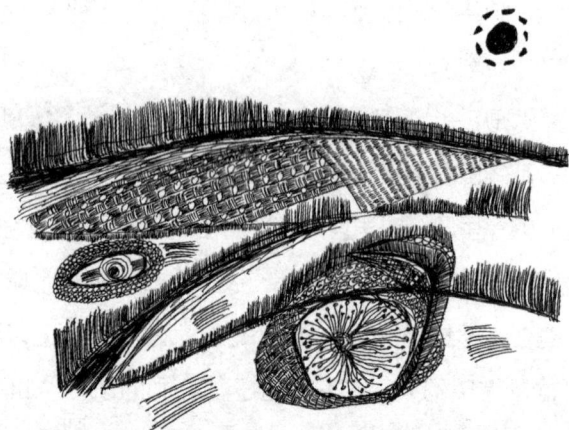